古代の息吹

〈空の空。すべては空。日の下で、どんなに労苦しても、それが人に何の益になろう。〉〈私は、一心に知恵と知識を、狂気と愚かさを知ろうとした。それもまた風を追うようなものであることを知った。実に知恵が多くなれば悩みも多くなり、知識を増す者は悲しみを増す。〉〈私は、私の目の欲するものは何でも拒まず、心のおもむくままに、あらゆる楽しみをした。実に私の心はどんな労苦をも喜んだ。しかし、私が手がけたあらゆる事業とそのために私が骨折った労苦とを振り返ってみると、なんとすべてがむなしいことよ。風を追うようなものだ。日の下には何一つ益になるものはない。〉

これは、旧約聖書の「伝道者の書」のなかのことばです。このようなことばを読むとき、わたしたちはなぜ、何の益にもならない、むしろ苦しい営みである作歌をせざるを得ないのか、うっすらとわかるような気がします。二千五百年も三千年もの時間のかなたの精神が、わたしたちの心に息吹を吹き入れてくれるという、このうえない喜びを感じることができます。

歌をつくるということは、このような古代の人々の嘆きや憂いや喜びに触れて、こころをふ

るわせ、あらためて生きることの意味を自ら探ることでもありましょう。（一九八九年一月）

世界に耳をすます

歌を前にしてわたしが感じていることを伝えるのは、ほんとうに難しい。できる限りの工夫はしているつもりだが、考えていることとはまるで逆の伝わり方をしていることもあるらしい。是非の断定を下したあとで、はたしてそうなのか、それでよかったのかと、自問することもある。いつのまにかステロタイプ（画一的）な物言いになっていやしないかともおそれる。ある方向を明示してひっぱってゆけばわかりやすいが、わたしも知らないような新しいものを抑えることがあろう。そればかりか、ステロタイプな物言いは、必ずわたし自身の歌をもステロタイプなものにしてゆく。それだけはごめんこうむりたい。

蟻の歩みのように、あちらにつっかかり、こちらにつっかかりしながら、一向に先に進まないことを嘆きつつ、やはり、このように歩んでいくしかない。

歌とは結局のところ、ことばのつくりだすもの。ことばのつくりだしてくる世界をゆっくりと噛み味わうものである。

自分の既知の世界を、ことばという記号によって連想して「これはよく分かります」などと言って共感するのが歌ではない。それは要するに自分の体験を反芻しているのにすぎない。自分の体験した悲しみや喜びをしみじみと思い出しているにすぎないのである。そういうひとには目の前にどんな歌があろうが、自分だけしか見えていない。

歌を読むとは、ことばのつくり出してくる世界に耳をすますことである。自分の先入観をおっかぶせず、ことばそのもののつながりの中から聞こえてくるものに耳をかたむけることである。

このように歌を読むことが、良き歌を詠むことにもつながる。他人の歌を読むように、ことばだけがつくり出してくる世界に耳をすますのを、歌の推敲というのだから。

難事中の難事。それでも、努めなければならない。


（一九九〇年七月）

道を踏む

『西郷南洲遺訓』という、薄っぺらな古い文庫本を古本屋で見つけて、買っておいた。ある日ふとひらくと、次のようなことばがある。

道を行ふ者は因より困厄に逢ふものなれば、如何なる艱難の地に立つとも、事の成否、身の死生抔に少しも関係せぬもの也。事には上手下手あり。物には出来る人出来ざる人有るにより、自然心を動す人も有れ共、人は道を行ふものゆゑ、道を踏むには上手も下手も無く、出来ざる人も無し。

簡単に口語訳すると——道を踏み行う者は困難や厄災に出会うのがとうぜんのこと、だからどんな艱難辛苦の地に立っても、事が成就するかどうか、一身の生き死になどにはまったくこだわらないものである。事には上手下手がある。物には出来る人と出来ない人がある。それでおのずから心を動かす人もあるのだけれども、人は道を踏み行うもの、道を踏むには上手も下手もなく、出来ないという人も無いのである。

感銘を受けたので、墨書して机の前に貼りつけた。こんなものを貼りつけているのを人に見られるのは恥ずかしいが、日々見上げては歌をつくる自分を力づけたい。

事の成否、身の死生などにオタオタするな、とにかく歌をつくってゆくがよい——自分の肝を養ってゆく箴言として、しばらくのあいだは、壁に貼ってあるだろう。（一九九〇年十月）

器量

この後記を書いている現在五月、毎週、実作批評会の前の三、四十分くらいをとって、『毎月抄』を少しずつ読んでいる。藤原定家が書いたと伝えられているが、はっきりしないそうだ。おおよそ八百年ほども昔に書かれた歌論であるのに、内容はほとんど古びていない。むしろ、昨今の入門書を読むより、はるかに有益だ。いろいろ物思わせられる言葉に出会う。

帰りの電車の中でぼうとしていると、ふと「器量」という言葉が浮かんできた。あっさり「才能有る人」と訳したけれど、あれはいけなかったなと思う。「器量も器ならぬも」——才能のある人も才能のない人も。そう訳したのだけれど、器量と才能とではまったく根本の考え方が違う。器量という言葉はいい。

人の器の大きさはそれぞれである。これは神の与え給うたもので、いかんともしがたい。その与えられた器で汲めるだけのものを汲めばよい。それでも、学習塾をやっていて実際に感じたことだが、懸命にやっていると、あるとき器そのものがぐっと大きくなる、そんなこともある。器というのは、コンピューターの言葉でいうとハードである。ところが、知能指数の良い子が必ずしも成績が良いわけではないように、ソフトの組み込み方が悪いとハードは無用の長物だ。ソフトを組むには努力がいる。

ひとの能力なんて決して一義的にはかれるものではない。要するに、能力なんてことにこだわらずに、自分のやりたいことを最後までやり通せばいいということだけだ。日々努めることができるか、最後までやり通せるか。それだけだ。

外側からの強制ではなくて、未知のものへ踏み出すたのしさ、知的よろこび、次から次に知りたくってたまらない欲求、新しいものがひらけてくるうれしさ——そういうものを日々感ずるこころの泉を守りたい。おのずから湧き上がる泉を。

わたしも、しばしば自分の泉を見失いそうになるけれど、みんなのなかに溢れる泉を見て、力づけられることがあるだろう。それぞれが新しいよろこびに満ちあふれた泉をもっている——そんな「旅隊《キャラバン》」の仲間でありたいものだ。

（一九九一年四月）

閻小妹

七月には台湾へ、八月の終わりから九月にかけてはアメリカへ、生まれて初めての外国旅行をした。教室の方々にはご迷惑をかけたが、喜んで休みをくださっただけでなく、外国旅行のアドバイスやら、かばんやら、さまざまなお心づかいをいただいた。深く感謝をしている。

旅行はとても楽しかった。歌のことなど何にも考えずに、学生時代の旅行のように、珍しい風物に接し、珍しい食べ物を食べ、人々を見てきた。

台湾は、閻小妹という中国人の友達と一緒だった。私より二つ三つ若い、信州大学の中国語の助教授である。背が高くて、日本人には見たこともないような美しい白い歯をした女性である。大きなお尻をすんなり伸びた脚がささえて、足首はほんとに細かった。上背があって、中国語で大声でまくしたてるし、おまけにけんかっ早かったので、私は大木のかげにいるようだった。

彼女にとって台湾は中国の一部である。台湾の政治体制は、あり得たかもしれない中国であり、町の姿であり、人々の姿であった。ところが九州生まれである私は、そこここに九州のだれかれに似た顔を見いだして、なにかしら身近に感じる土地であったし、また日本の占領時代の面影もあって、日本のつづきのような気がしていたのである。

土産話というものは、押しつけてでもしたいものらしい。旅行の話を始めると切りがない。そのうち、書いておく価値のあることだけ、書いておくことにしよう。

（一九九一年十月）

歌の力

今号は特別作品として、岡田光代さんの三十首を招待した。

岡田光代さんが、この教室にきたのはもう一昨年のことになるだろうか。遅い結婚だったらしいが、大きなおなかを抱えて通ってきていた。しっかりした物言いをする女性で夏には出産のために郷里の四国に帰るという。エレベーターで一緒になったとき、岡田さんは女の子が欲しいとわたしを見つめて言った。どうしても女の子が欲しいというような語調があって、わたしも女の子が生まれればいいなと思った。

それから数カ月。今頃は赤ん坊が大変な時期だろうと思い思いしていたある日、伴侶が亡くなったという葉書が来た。世の中には痛ましいことがあるものである。

やがて一年も経ったころ、四国にいる岡田さんから厚い封筒が届いた。四十首もの歌をつづった原稿だった。

岡田さんは、この教室に三、四か月を通ったばかりの、本当の初心のひとである。歌を何十年やっても、こんな悲嘆の極みの感情を歌にすることは容易なことではなく、かえって言葉がうわずってしまいがちになるのに、みごとに歌にしきっていた。よくここまで表現できたと、驚嘆した。たとえば、

斎場の見えたる道を白粉《おしろい》のながるる涙呑みつつ行けり

わが夫のひと生を閉じる音がして炉の扉面《とおもて》に西陽さしおり

の「白粉のながるる涙」「炉の扉面に西陽さしおり」というところ、まさにこれこそが具体を把握するということ。初心のひとは、具体を把握するということを理解するのになかなか時間がかかるものだが、岡田さんは、このような悲しみの極みにあっておのずからそれを体得している。百万言の悲しみをつづる言葉よりも、このような具体把握は歌にあって雄弁だ。

わたしは三十首ばかりの歌を選び終えて、もう一度読み、また読み返した。そうせずにはいられなかった。歌の選をするというよりも、一人の読者として、再び三たび読み返し、そうし

て涙がしたたった。

ぎりぎりのところからはなつ、混じりけのない言葉が、歌の力となって、わたしをうってくるのである。どうぞ、これらの歌を読んであげて下さい。

願い通りに産まれた女の子は、岡田さんの手もとですくすくと育っている。忘れ形見の女の子は、これからの岡田さんのこころを支えていくだろう。しかし、わたしは、歌にも、岡田さんを支えるものであってくれるように頼みたい。そう、歌の神様にお願いしたい。


（一九九二年一月）

心を合わせる

わたしは、添削ということを、技術を身につけるための一課程というふうには考えていない。お習字で、先生が朱筆で形を直すような、そんなものとはみなさない。

短歌における添削とは、いわば共同制作である。良き歌をもとめて心を合わせるのである。そう思うからこそ、妥協はできないし、いいかげんなこともできない。知識や技能の切り売りと思ってしまえば、現実の利害関係を優先させた方が、わたしも楽《らく》だし、みんなも楽だろう。しかし、そのような楽は、わたしたちのどこか芯の部分をだめにしてゆく。そういう楽がいいのだったら、わたしなど今頃歌をつくってはいない。そういう楽に、わたしは生きていく意味を見いだすことができない。

双方に愛情と信頼がないと、それはなし難い。つべこべ言われたくないとか、これも頭数の一人だから適当にもちあげとこうとか、互いに腹のなかで思いはじめた日には、共同制作はけっしてできない。形を修正するくらいのことはできても、魂は入らない。ほれぼれするような歌は、けっして生れないだろう。

もちろん、この共同制作は、やがては独立した制作を促すものでもある。個人の独立した制作ができるようになることはまことに喜ばしいことだが、それは自ずからなる結果であって、創作活動のゆたかさに変わりはない。

（一九九二年四月）

青じその葉

久保井さんからもらった青じそを、ずいぶんまえ何かの花を枯らしたままになっていた鉢に植えてみた。どうもこういうのはうまくいかなくて、すぐ枯らしてしまう方だが、根のついているものを捨ててしまうほど無精でもない。

一日二日のち根が下りたらしく、葉が日々に大きくなっていく。毎朝起きると、一番にガラス戸を開けて、二枚一組で大きくなってゆく葉をながめたり、指でさすってみたりする。しその葉は、一名大葉《おおば》ともいうが、その名のとおり毎日毎日限りがないかのように、どんどん大きくなっていく。あまり見事に美しく大きくなっていくので、愛着が移ってしまって、容易に使うことができない。ソーメンの薬味に欲しいと思ったけれどあなたがまだ大きくなるつもりならもう一日待とうか、などと、しその葉に交渉して、使わせていただくのである。

ところが、あるときから、小さな青虫が発生して、芽をことごとく食い尽さんばかりになった。毎朝起きては指で青虫をひねり潰すが、追いつかない。あの立派な葉をつけた青じそが見るも無残な姿になってしまった。このままだめになってしまうかもしれないと思うころ、梅雨が明けて、雨が止み、そうすると不思議なことに虫がいなくなってしまった。けれど、青じその葉は、一週間も十日も一向に成長せず、あんな立派な葉をかつてつけた同じものとも思えない。

生き物は、難しい。

（一九九二年七月）

二十号を迎えて

この十月で、ちょうど開講以来満五年になる。三か月の切替ごとに、勉強の成果をまとめて一冊としてきたわたしたちの手作り歌誌「旅隊《キャラバン》」も、二十号を迎えた。

第一号は、言いだしっぺであるわたしが手書きしてコピーし、当時いた美大出の青年による製本で五十冊ができ上がった。第二号は、手書きに疲れたのでタイプ印刷に出したが、あまりにお金がかかりすぎる。

どうしたものかと案じていたころ、こっそりとワープロを買い込んで練習をしてくれていた会員がいた。それも二人も。いずれも六十歳を越えた女性である。わたしは、このお二人の心をいつまでも忘れないだろう。

三か月に一度の「期末テスト」だなどといいながら苦心した歌稿を、会員の一人がワープロを打ちコピーしてくれる。それを、教室が終わったあと、皆で製本する。何から何まで手作りで、いまではすっかり〈わたしたちのキャラバン〉として定着したようだ。もう、わたしがやめましょうなどと言い出してもそうはいかない雰囲気があって、そのことがとてもうれしい。

五年前の、一号から五号までのキャラバンから、佳品を抄出してみた。すでにやめた方も、なくなった方もいるけれども、キャラバンに残された作品は、キャラバンの財産であり、わたしたちのよろこびである。

（一九九二年十月）

忘年会

表紙の絵は、いままで久保井さんが、子規の写生帖から選んでコピーして下さっていた。およそ五年もの間、毎号選ぶのは、大変なことだったろうと思う。前回の二十号では、コピーしたものに、一枚一枚彩色して下さった。

その表紙の絵に、このたびは強力な助人があらわれた。今期から入会された新井俊郎さんである。淡彩画、人物デッサンが専門だそうだ。画歴を簡単に紹介すると、独学十年ののち、立川朝日カルチャーセンター網干教室で四年間学び、銀座「尾張町ギャラリー」で個展五回、現在悠遊会会員、ということである。新井さんは、毎回異なったスケッチを描いて下さるそうで、とても楽しみである。

ところで、十二月の忘年会は楽しかったね。お茶の時間にもビールがないとつき合えないという新井さんは、残念ながら風邪気味で一次会で早退。いつもはシャイで、女どもとお茶など飲めるか、酒ならともかく……といった雰囲気を背中に漂わせて帰っていく山口さんが、このたびは徹底的につき合って下さった。山口さんは壊れかかった肝臓を抱えているのに大丈夫かなと、心中ひそかに案じながら、わたしもつい眼前の快楽におぼれて人のことなどどうでもよくなる。元気いっぱいの岩倉さんは、じつはこの忘年会の首謀者なのであったが、アルコールはなめる程度。それでも酔うには充分である。ときどき夜中に起き出してウイスキーをたしなむ丸山さん、夫は一滴も呑まないのに極上の日本酒を寝酒に楽しむ久保井さん、まったく呑まないけどジュースで最後までつき合った金子さん、「わたくし、いただきます」とコップの差し出し方のきっぷのいい乾さん、などなど、帰り着いたわたしの記憶は切れ切れになっていたのであった。

（一九九三年一月）

弁解不要

歌は、小なりといえども芸術である。戦後、二流芸術というふうにもいわれて、土屋文明が誰か、二流でも三流でも芸術の仲間に入れてくれたのはありがたいと皮肉ったそうだが、まあ、五流でも六流でも、歌は芸術の一つであるという自覚をもつことは必要であるように思われる。

第一に、自分の作品の弁解をしない。これは、歌会をするときのもっとも基本的な態度であって、くどくどと自分の歌の弁解を始める人に「弁解はいらない」という叱責の声が飛ぶのを、わたしは若い頃しばしば聞いた。「牙」と「未来」という二つの結社に所属していたが、いずれの歌会でもそうであった。明治四十四年ころの「アララギ」を見ると、作者の弁解は不要だという斎藤茂吉たちと、これは研究の場なのだから作者がいればその作歌意図を聞くのはかまわないではないかという伊藤左千夫と対立している場面があるが、そもそもこの頃から作者の「弁解不要」は徹底していたらしい。

わたしは左千夫と同じ意見で、歌会などの場では作歌意図と表現されたもののとのくい違いがなぜ起きたのか、考え合うのはたいへん勉強になると思っている。けれども、弁解のための弁解はよくない。いったん人の前にだした作品は、どのように受け取られようと、どのように批判されようと、黙ってありがたく受け取って、腹のなかで咀嚼し、取捨選択すればよいのである。

第二に、人の面前に提出する作品は、自分の最善の力をふりしぼって、良しと思うものを出すこと。これが基本である。つまり、自分の作品を大切にするということ。石川啄木の歌のノートを見たとき、その文字の美しく丁寧なことに感じいったという茂吉の文章を読んだことがあるが、あの鼻唄混じりにできたのではないかと思わせるような歌も、じつは一字一句に苦心したものであることを、その文字の丁寧さから茂吉は読み取った。

わたしたちの教室は毎週であるから、ときに作品彫琢の時間が少ない場合もあるかもしれない。それは致し方ないとして、その場合は先に述べた「弁解不要」に徹するべきである。

第三に、どのような芸術も、日々、細部に、砕身鏤骨することなくては、かなわない。レオナルド・ダ・ヴィンチも、セザンヌも、ベートーベンも、古今東西どのような芸術家の手記を見ても、たゆまない日々の仕事に従事している。また、微細なうえにも微細に味わい分ける感覚を養う努力をつねにしている。

そういう人たちは大芸術家で天才なのだから、わたしたちとは違う、わたしは趣味程度でいいんだから、という人がもしあったら、それは大芸術家の日々の努力に対して唾することであり、ふて腐れの姿勢である。大芸術家にして行うそれらの日々の努力におのずから心を敬虔にされ、才及ばぬおのれならばいっそうと、自らの励みにするのが当然だろう。

これらのことは、歌を作りはじめたときから持つべき姿勢で本来あるのだが、どのような短歌入門書にも書かれてない事がらでもあるようだ。五七五七七を並べるより何より難しいのが、これらの事だからであろうか。


（一九九三年十月）

身体で「わかる」まで

昨年から、熊本日日新聞の書評欄を担当している。左は、今年二月十日付けで掲載されたものである。ぜひこの教室の方々にも読んで欲しいので、ここに転載します。

＊

芳醇な酒のような本に出会った。宮大工の棟梁西岡常一著『木のいのち木のこころ(天)』である。

西岡氏は、明治四十一年、代々法隆寺につかえる大工の家に生まれ、法隆寺金堂、薬師寺金堂、同西塔など、堂塔の復興や再建を果たしてきた名匠。六年ほど前に、名著『木に学べ―法隆寺・薬師寺の美―』(小学館)を出している。このたびの本も同じく聞き書きであるが、いっそう話体がこなれて味わい深く、一字一字の息づかいを聞くようである。

法隆寺の宮大工棟梁の口伝に「堂塔建立の用材は木を買わず山を買え」「木は成育の方位のままに使え」というものがあるという。山の南側の木は細いが強い、北側は太いけれども柔らかい、風の当たるところの木は風向きにあらがう方向に捩れる癖をもっている、生えている土地が違えば木も違うし、樹齢が違っても肌合いや匂いが違う、ともかく一本として同じものがない。その材質を見分けて使うのが棟梁の大事な仕事だった。

ところがこの頃では、製材の技術が進んでどんな捩れた木でもまっすぐに挽くし、面倒な木の癖や個性を消すために合板にする。使いやすい木だけを求めて、捩れた木や曲がった木は悪い木だ必要のない木だと捨てる。

しかし、西岡棟梁は言うのである。「癖というのはなにも悪いもんやない、使い方なんです」。癖を見抜いて使ってやる方がかえって強いし長持ちするというのだ。飛鳥の工人は、そういう一本一本異なる材の性質を見ながら建物を組みあげていった。

これらの建物の各部材には、どこにも規格にはまったものはありませんのや。千個もある斗《ます》にしても、並んだ柱にしても同じものは一本もありませんのや。よく見ましたら、それぞれが不揃いなのがわかりまっせ。どれもみんな職人が精魂を込めて造ったものです。それがあの自然のなかに美しく建ってまっしゃろ。不揃いながら調和が取れてますのや。すべてを規格品で、みんな同じものが並んでもこの美しさはできませんで。不揃いやからいいんです。人間も同じです。自然には一つとして同じものがないんですから、それを調和させていくのがわれわれの知恵です。

棟梁の師匠はおじいさんであったが、ある日仕事場で、大きな石を指して、この上に柱を立てるとしたら石をどう置いて、どこに柱を立てたらいいか考えて見い、と言ったそうだ。子供ながらに考えて、石の一番平たい面の真ん中に立てると答える。するとおじいさんは、「もう一度、中門の柱がどないなっとるか見てきて見い」と、法隆寺の境内まで見に行かせるのだそうである。そういうことを何度も繰り返して、はじめておじいさんは教えてくれたという。

じつは、この著書には、同じ題名で、西岡棟梁の唯一の内弟子小川三夫の「地」の篇がある。棟梁の教え方がどうだったか、大工の技や知恵がどのように伝えられていくのか、別の側面から照らし出されておもしろいが、そのなかに棟梁には下手に質問できない、というくだりがある。たとえ間違っていても、自分はこう考えるというものをもってないと質問できない。だから聞くまえに考えるようになる。「自分がわからないとき、わからないから、教えてくれっていうのは失礼なんだ」というのである。

考え、工夫し、先人の仕事の跡の残っているものに直接あたり、また考え……という努力によってはじめて、技術や知恵を身の内に獲得できる。いくら頭脳で理解し記憶しても、それは形ばかりで意味がない。そのようにして、一人一人の身の内に基礎から経験を積みあげていくところでしか、人間の文化は本当には伝わらないというのである。

わたしは、まだこの本については語りたりない。わたしのようなものばかりでなく、読む人のそれぞれの関心の角度から、いかようにも知恵を吸収できる稀有な本である。

＊

じつは、この本は、お茶の時間に何人かの方々には紹介した。読んで下さっただろうか。何か糧を得て下さっただろうか。

右の記事に書ききれなかった、歌を学ぶうえに役立つことが、まだたくさんある。それは、歌も大工の技能も、人に教えられてできるものではない、という共通点があるからだろう。

科学的な発見や研究の成果は、一通り学べば、れんがを積むように、その上にさらに新しい成果を積み上げていくことができる。しかし、歌や大工の技能や、そのような人間の文化というものは、学んで（教えられて）ただちに身につくというようなものではない。赤ん坊が歩くことを学んだり、言葉を学ぶ過程を思い出すとよい。いくら親が歩き方を教えこんでも、言葉を教えこんでも、歩かないものは歩かない。しゃべらないものはしゃべらない。赤ん坊ひとりひとりが、自分の身に応じたやり方で、転んだり、頭をぶつけたりしながら、自分の身体で一から確認していってようやく「わかる」ようになる。

大工にもさまざまな大工がある。この西岡常一という棟梁が、なぜ名工といわれるまでの大工になれたのか、それも考えてみて欲しい。いろいろな要素がある。素質、幼少からの環境、ものを悟る頭の良さ、一途な努力……。そういう外に見えるものは誰もがすぐ挙げるだろう。

しかし、それだけではないよね。

（一九九四年一月）

ヘタは自分の顔に似る

先日は、山中湖の近くに知る人ぞ知る小鳥の水浴び場があるので行きませんかと、富士吉田に住む川崎勝信さんが誘って下さった。早起きはつらいが、せっかくだから連れ出してもらうことにした。

桂川の上流だという崖を伝って落ちる清水に、ヤマガラとシジュウカラがいっしょにぷるぷる水浴びするさまを双眼鏡で覗いたのち、午後は富士吉田で石彫りをやっている浜田彰三さんを訪ねた。

わたしは、どうもそういう方々に会うのは何となく苦手で、うちとけることができない。浜田彰三さんという方も、名前を聞くのさえ初めてで、連れて行ってくれるというので、金魚の糞のようにくっついて行ったのである。

石彫りの良し悪しなど、わたしにわかるはずもないが、円空仏に似た打ち抜けるような楽しさのある石の表情をもった作品が、小屋にたくさん並んでいる。川崎さんが「浜田さんの顔に似ているんじゃありませんか」と言うと、「いやぁ、ヘタは自分の顔に似るといいますからね」。

今まで聞いたことがない評言で、面白く思った。もちろん川﨑さんは、賞めことばのつもりで言ったのだ。ところが、浜田さんは、作品が製作者の顔に似るのはヘタの証拠であるという。

そういう言葉を胸に留めていると、面白いもので一日か二日後、新聞の音楽時評で、「こうした自然体の取り組み方は、音楽を自分の身の丈に合わせてしまうことにもなる」という言葉に出会った。ある古楽器の女性奏者の素直でのびやかな感性を讃えつつ、しかしそのような自然体ではまだ本当の音楽に達しないというのである。「曾根（奏者の名）にはぜひ、深く鋭い自己批判の能力をもってほしい。その批判の『目』が響きの奥で光りはじめたとき、本当の音楽が生まれる」。

浜田さんの言葉が、音楽時評の言葉と合わさって、わたしの胸に落ちた。

石灯籠や地蔵や、伝統的なものをつくる職人はいるが、それをふまえて新しいものを創造しようとするひとは少ないと、浜田さんはいう。伝統的な形式には必ず何らかの合理的な理由があって、それを無視してつくる〈芸術〉的な石彫りは「マスターベーションみたいなものですよ」。わたしは何も知らないから、「イサム・ノグチみたいな…」というと、「イサム・ノグチのものはちゃんと伝統をふまえてあって、やはりさすがだと思いますね」。

石版画のようなものも作っているそうで、箱に入れた作品を次から次におしげもなく、手間もいとわず、出して見せてくださる。浜田彰三という石彫り作家の世間的な評価も何も知らないけれども、その作品を自分の部屋に置きたい（川崎さんに尋ねると、小さなもので十五、六万円くらいじゃないか、というので、あきらめた）と思い、浜田さんの全体から尽きない製作意欲をふんわり匂うがごとく感じて、わたしの歌の〈泉〉にも精がついたのだった。

（一九九四年四月）

歌が導いてくれる

八月二十六日は、富士吉田の火祭りを見に行った。日本の三大奇祭の一つと言われるらしいが、路上のあちこちに組み上げた薪が燃えあがって、火の海地獄のような状態が延々と何キロも続くのである。両脇には屋台が並び、火の粉をふり払いながら雑踏のなかをゆく。秋口か冬にでもすればあったかくてよかろうのにと、あまりの暑さと身動きもならぬ人出で、ほとほと閉口して思った。

しかし、往復三時間ばかり歩き通して、納得した。これは富士山の溶岩流なのだ。年に一度、浅間神社から木花開耶姫にお出ましを願って、お好きな溶岩流の雛型をお見せして慰め、よろこんでもらう。そのかわりに大噴火はおやめ下さい、というわけだ。

こういうつきあい方は、今でも「ガス抜き」とかいって、わたしたちのなかにある。

わたしの考えが正しいのかどうかは、わからない。しかし、ほんの五百メートルほどで火祭りを見た気になって帰っていれば、こんな思いつきを楽しむこともなかったろう。

＊

さて、この火祭りに誘ってくれたのは、富士吉田に住むK氏であった。K氏宅では、同行のN女史と共に、歌についての議論が大いに盛りあがる。

N女史いわく、

「このあいだの歌会でアキツさんにもっとはっきりモノを言えといわれたんですよ。性格は性格でいいから、歌のうえではっきりさせろって。でも、性格と歌とそんなにわけられるもんですかね。わたし、性格はけっこうハッキリ言うところもあるんですけど」

K氏いわく、

「いや、歌は性格があらわれていないと面白くないですよ」

アキツいわく、

「歌で性格なんて見せられても、ちーっとも面白くも何ともないよ。人は生まれも違えば生い立ちも違う、そういう中からつくられていくのが性格でしょう。どんな人の性格だって良い所もあればイヤな所もある、そんなナマな性格なんか歌で読みたくないよ」

お酒が入っているから、議論は錯綜し、嚙み合わず、やたら声ばかり高いのであった。

＊

歌を作ってきて思うことは、歌は自分を導いてくれるということである。歌を前へ進めていこうと専心してさえいれば、いやおうなく生活の中の自分を正さざるを得なくなる。すべては自分の歌が教えてくれる。

歌を進めていくためには、テクニックだけではなく、ある段階に達すると自分を根底から変革しなければならない時が来る。こういうときの批評は、自分の性格への中傷のようにさえ思われてつらいものだ。しかし、それは歌と性格とを同一視してしまっているからであり、自分の性格をけっこう可愛いがっているからである。自分の性格なんて、ほんとはいやなところだらけだろうに……。

歌とは、自分の生の活動のなかから生まれるものだ。生の活動には、富士山の地底でひそかにうごいているマグマと同じく、固定したものは、何もない。

（一九九四年七月）

神の不公平を引き受けて

左の小文は、歌ができないときどうしていますか、あなたの秘策を教えて下さいというもとめに応じて書いたもの。この教室の方々にも参考になるだろうか。

よく勉強方法がわからなかったので成績が悪かったという人がいるが、勉強方法なんてものは自分で工夫するものである。自分で工夫した方法がいちばん頭に入る。工夫しようという気持ちがあると、他の人はどうやっているかなという関心がおのずから湧く。そういう人は、良さそうなものはすぐ試す実行力をもっている。さらには、人のやり方を丸呑み込みしないで、自分なりの応用をする。

もちろん、歌も同じである。おそらくこの欄で、いろんな人がいろんな秘策を開陳しているであろうが、基本的に自分で工夫して乗り越えようという気持ちのない人、つまりどこかに特効薬はないかと捜し求めているような人にとっては、何を読んでも同じであろう。何か秘策があるだろうと聞き出して、試してみたところで、結局秘策にも何もならないのがオチなのである。

それで、「歌が出来ずに困ったとき、どうやって克服しているか」という編集部の質問に対しては、「あれこれと工夫する」という素っ気ないといえば素っ気ない答えをしなければならないことになる。この「あれこれ」を、自分で考え出すというところがもっともためになるのであり、また楽しみもあるところなのだ。

また、左の文章は、伊藤左千夫がある村の青年団体に講演した、その概要記録「詩と社会との関係」からの引用である。

人間それ自身の体軀や心情や、生活や行動やに詩的な点の甚だ多いは、申すまでもないが、只それは人間の自然が詩的であるといふばかりでない。いはば天の恵みだけであつて、人々自らの働きでもなく、又自らそれを悟つて居るでもなく、自覚的にそれを直に娯楽とすることは出来ないのであります。（中略）自覚せぬ趣味は価値とはならぬのである。いひかへると人間自然が持つて居る詩趣は、之を其人の価値とはいへない。人間一般は誰でも、先天的に有して居る事であるから、それを個人的に其人の価値と認めることは出来ない。

それで人間といふものは、天から賜はつた平等な頭割の幸福以外に、自ら力行して出来得る限りの幸福を作らねばならぬ。即ち詩を知るといふ、自覚的に価値ある人間に、自ら進まねばならぬのであります。

左千夫は、「天から賜はつた平等な頭割の幸福」というが、わたしは、天から賜わる幸福は不平等なものであると思う。身体的条件一つ見たって、美醜の大いなる差があり、頑健と虚弱の差があり、また障害さえ与えられるものもある。まして、頭脳、才能などにおいて平等な頭割などあり得まい。

しかし、ただ一つ、平等に与えられているものは、自らの意志の力で努力して何ものかを得たときの歓びの大きさ。その歓びが与える生への意欲。それこそが、神の不公平を身に引き受け、それを肯定し得る強さを与えてくれる。

（一九九四年十月）

絶対者への供物

この号で、キャラバンは三十号になるという。第一号から参加している一人である近江あいさんが、三十号までに作品を掲載した会員分布表を作って下さった。

近江さんも書いているが、亘理初枝さんのことは作品をたった二回しか出していないけれど、今でも時々思い出す。身体が見るからに弱そうで、家庭的にも何か悩みがあったらしいが、歌に出会って本当の喜びを知ったというふうで、お茶の時間にも口数は少ないが頬をぽっと上気させて楽しくてたまらないというふうにほほえんでいた。

あっという間に亡くなられてしまったが、あの数十首の心のこもった歌たちは、どうなってしまったのだろう。歌に関心のない家族であれば、紙くず同然であって、今頃は煙になってしまっているかもしれない。そういうことを思うにつけても、たった二十首ばかりだけれども、キャラバンに歌が残っていることを、あの世の亘理さんはきっと喜んでいるに違いない。わたしたちがこうして時に亘理さんの歌を思い出すのをとても喜んでいてくれるに違いない。そう、確信する。

この教室に入ってくる方々は、初めて歌を作ったという人が多い。入ってみたが、短歌入門どころじゃない、わたしにはレベルが高すぎます、という人もいるが、みんな生まれて初めて歌を作ったという人の集まりなのだから、そんなことはまったくない。

半年か一年も経たないうちに、すっかり見違えるようになるということもしばしばある。みんなについていけるとかいけないとか、才能があるとかないとか、そういうことは関係がない。歌を作る気になるかどうか、それだけ。

時々、わたしは何のために歌を作るのだろうと考える。金が欲しいか？　有名になりたいか？　地位が欲しいか？　賞でもたくさんもらって名誉が欲しいか？　――そういうものが、まったく欲しくないとは、思わなかった。だが、やっているうちに、歌を研鑽することとそれらのこととは、必ずしも一致しない、むしろ相反する場合が多いことがわかってくる。

では、何のために歌を研鑽するのか。後世に名を残すため？　――そんなことを信じるほどの楽天主義でもないし、あわよくば後世に名が残ったとしても、死んじまってるのに何になる。こんなことが折に触れ、気持をよぎって、割り切れない。

ところが先日、ヒンズー教について書いた本を読んでいたら、行為の結果は絶対者への供物である、とあった。絶対者とは、宇宙を生み出した種子みたいなものか。生きとし生ける者は、必ず行為をするように作られている。しかし、その行為の結果は、自分のものではないよ、絶対者への捧げものだよ、というのである。行為の結果を私物化してはならないのだ。そう思ったら、ずいぶんすっきりした。

（一九九五年四月）

競争ではなく

二、三か月前だったか、乾さんが歌会のついでにジンジャーの鉢植えを持ってきて下さった。大きな植木鉢に、一メートルを越える高さのジンジャーが植わっている。室内では日光が足りないようなので、狭いベランダに並んでいる植木鉢の仲間に入れた。

ベランダには、誕生日にもらったカランコエの鉢が五、六鉢。ローズマリー、もう花が咲かなくなったスパティフィラム、そして、小指ほどの太さのへなへなした幹のてっぺんに小さな手のひらのような葉っぱを数枚つけている、名も知らぬ鉢。

ある日、ふと気がつくと、ジンジャーの横の名も知らぬ木がずいぶん背丈が伸びた。大人の手のひらくらいの葉を何枚も広げている。この鉢は、もらってきて以来、ほとんど大した変化がなかった。それがこの二、三か月で置いてある椅子をつっかえ棒にして、ひょろひょろの幹で（実際、椅子をはずすと根本から倒れる）やたら背を伸ばし、大きな葉っぱをこれ見よがしにつけ始めた。これは、どう考えてもジンジャーの刺激である。自分より背高のジンジャーが来たものだから、幹を太くするのも忘れて背を伸ばし始めたのに違いない。ローズマリーの方はと見ると、こちらはジンジャーにそっぽを向くかたちで夏の新芽をいっせいに伸ばしている。可笑しくなるくらいにジンジャーの鉢のある側には新芽を伸ばしていないのだ。

これを「競争」というのは、人間の解釈だなあ、と思った。現代の競争社会に生きている人間だから、植物のこのようなありさまを見て競争と見てしまう。そうではなくて、名も知らない木の鉢は、横にずいぶん背高のジンジャーが来たものだから、気持ちが刺激されて、生気が活発化し、もともと持っていた大きくなる素質がそそられたのではないか。

人間の世界の競争も、頂点を目指して勝ち残っていくようなそういう概念でとらえるのではなく、おのれ自身の内部の生の活発化として解釈し直していけば、ずいぶん違った世界が現れるのではなかろうか。そんなことを、今年の暑い夏はベランダを眺めながら思ったことである。

この教室も、さまざまな背の高さの鉢が寄り合って、互いが互いの刺激となり、おのれ自身の生を活発にしてくれる、そういう場であったらいいなと思う。背が高くなるか、あっちむきの枝が出るか、それはそれぞれの本性に従って現れよう。

（一九九五年七月）

張り飛びがみつまたぼこを

国学者と漢学者はむかしから仲がよくなかった。ふだん読んでいるものが違うから、当然のことだが、あるとき議論になった。

学者が

「どうも漢文はゴツゴツして、こまやかな感情を現すことができない」

というと漢学者が

「それは場合によることでしょう。たとえば『三国志』の一節に、身の丈一丈あまりの張飛が、三叉の鉾をひっさげて、長坂橋に立つと、曹操の部下の百万の大軍が、怖げをふるって逃げてしまうというところがありますが、こういう勇壮な場面は、漢文でなければ写すことができますまい。国文では、どう表現されますか?」

「されば……」

「和歌にすれば、こういうふうにでもなりましょうか…」

張り飛びが　みつまたぼこを　引っさげて　ながいたばしに立ちにけるかも

産経新聞「一癖斎のつぶやき」杉森久英

わたしは、笑った。レコードの回転数をまちがえて、音がふにゃふにゃになった軍歌を聴くようだ。しかし、これはなかなか歌というものの本質を伝えてくれる。人名でさえ、張飛という音は歌にはなじみにくいのである。

現代の短歌は「張飛」であろうが横文字であろうが、おかまいなしだけれども、そのぶん神経が粗雑になってしまってていはしないだろうか。

（一九九五年十月）

読む・考える・作る

カラオケの好きな人は多いが、やはり自分が歌うことばかりに夢中になって、他人の歌には耳を傾けようとしないらしい。大きなカラオケ大会があって、参加者が一通り歌い終わり、プロが歌うゲストコーナーになる。すると、客席からみんなゾロゾロ出ていくのだそうだ。自分たちの出番が終わったから、後は関係無いという顔付きで……。

短歌を作る人にも同様の傾向が見受けられるように思う。関心があるものは、自分の歌だけ。

せいぜい、属している同じグループの人のものまで。こういうふうでは作る歌も進歩しないだろうが、それより何より自分にしか関心のない自我肥大症の、その心根がうとましい。

良い歌をゆったりと読み味わいたい。良い歌は、自分が見つけ出していくものである。〈読む〉〈考える〉〈作る〉この三つのうち、よんどころない事情で一つだけをとるとすれば、〈作る〉。良い指導者のもとで、という限定条件付きで。短歌を始めたからには、ともかく作らなくては仕様がない。それに、〈作る〉という、地を這うような具体的な行為は、人に大いに有益である。

二つとるとすれば、〈読む〉と〈作る〉だろう。あれこれ読んでさえいれば、人間の頭脳というものはありがたいもので、いやでも記憶に残るし、何がしかの感慨をもたらす。

しかし、そこに〈考える〉という積極的能動的な作用をつけ加えると、〈読む〉と〈作る〉がいっきょに何倍どころか何乗もの効率をもって連動しはじめる。

先に述べた味わうとは、考えるということだ。読み味わうとは、読んで考えるということなのだ。

（一九九六年一月）

創作と消費

わたしは、自分が歌を作り続けることについては、一度も疑問が生まれたことがない。つまり、やめたいと思ったことがない。才能があるわけでもないし、金が稼げるわけでもない。歌が好きでたまらないということもない。それでも、ほとんど運命のように、わたしは歌を作っていくだろう。

だが、人生の仕事をおおかた終えて歌をはじめたこの教室の人々にとって、歌はどのようなものなのだろうか。作り続けていくことに、何の疑いも持たないということがあり得るのだろうか。ずいぶんしんどい思いをしているのではなかろうか。

歌をはじめたばかりの人は、まだいい。不安はあっても、新しいことを知ったり、ほめられたり、けなされたり、一つ一つの経験が新鮮である。だが、やがて、一通りの形を知り、ある程度作れるようになった段階で、頭打ちの時期が来る。

人に褒められることは、一つの励みになる。新聞歌壇に投稿して選ばれたり、短歌大会で入賞したり、そういうことはうれしいことだし、またそれを知った周囲の人から賞賛を受けるのも大きな喜びである。多くの人が投稿する場所では、そう簡単には入賞しないので、それを目標にすることで作り続けられる人はずいぶんいるだろう。

だが、そういう宝くじや賭けごとのような、外部から与えられる目標をめどにするのでは本当は純粋ではない、自らの内部から生まれる泉がなければならないということを、この教室の方々はいつの間にか知っておられるように思う。

だからこそわたしは、五年六年、あるいは七年八年やって来た方々の、つらさを思い遣らずにはいられないのだ。

現代の社会では、あらゆるものが消費材へと転じていく。金に換えられないものの価値がしめる領域はいよいよ減じていくだろう。かつて金に換えられなかったものも、魔法の粉を振りかけられて消費材として人々の前に差し出され、一方、人々は白蟻のようにあらゆるものを消費し、食いつくしていく。

歌を作るという創作行為も、例外ではない。じつは、創作ということほど消費から遠いものはないのに、いつの間にか消費的な考え方が侵入してくる。スーパーに並んでいるお惣菜のパックのように、消費されるものは、軽便でなくてはならない。手間暇かかるものであってはいけない。すぐ、口に入って、しかもおいしくなければならない。

そういうお惣菜パックのような考え方が、この教室に侵入するのをわたしは極力退けてきた。自分で畑に行って芋を掘るところからはじめて下さい、と要求してきた。のみならず、畑の土壌改良さえ要求することもあろう。成果はなかなか上がらない。迷うことばかり。そういうとき、どんなにかしんどいことかと思われる。

わたしの仕事は、畑に育っているのが芋なのか、菠薐草なのか見分けて、味を最も良く引き出すアドバイスをすることだが、その調理法もいよいよのところになると、なかなか難しい。「おいしい」「おいしい」と唱える催眠術をつかわずに、舌だけで考えていこうとするとき、わたし自身、途方に暮れるときがある。

（一九九六年四月）

「衆に逆らひて」

「夏炉冬扇」という言葉がある。暑い昼間に寝っ転がっていて、ふと思い出した。火鉢やうちわもとっくに日常の用具ではなくなって、実感できない言葉のひとつである。

「夏炉冬扇」を現代に置き直してみると……夏の暖房、冬の冷房……エアコンの吹き出し口を見上げたとたん、冷房をしていないわが部屋に熱気が満ちてきて、うっと息がつまった。こりゃたまらん、そんなことになったら、この部屋にはいられないわ——そこまで空想がのびて、思い当たった。

芭蕉が、わが俳諧は夏炉冬扇のごとしといったのは、世に無用無益のものとなんとなく理解してきたけれども、そうではなかったのだ。用をなさないというよりもっと積極的な、あたりから人が逃げ出すような、迷惑がられるものといった意味合いが含まれているのではなかろうか。

「わが俳諧は夏炉冬扇のごとし、衆に逆らひてもちふる用無し」。この「衆に逆らひて」すなわち、大衆が好みもとめるところに逆らって、という部分の意味を受け取らずに、無用ばかりに重点を置いて解釈しすぎてきたのではないかと思う。

わたしたち日本人は、「無」をなんとなく上等の概念として受け取る癖がついている。ともすれば「無用無益」は「有用有益」の上に位する。そんな気取った、卑下慢のようなことを芭蕉は言ったのではなかった。もっと激しい言葉を放ったのである。

大衆の好むところに逆らうけれど有用有益——正しく言えばやがて有用有益になりますよという説得の仕方は、政治家の行うところである。大衆の好むところに逆らって、なおかつ無用無益。これは、難しい。

仕事というものは、だいたいにおいて目的をもった方が成果が上がる。大きな目的を置いて、さらに短期間に達成できるほどの小目的を設定する。目的というものは、ある程度でも達成していくことが要求されているのであり、有能な人ほど達成力を持っている。翻っていえば、その達成力によって有能無能が測られる。

けれども、わたしたちが作っているこの歌においては、そういうわけには行かないのだ。もちろん、歌集を出すとか、何かの賞を獲るとか、目的を設定しようと思えばすることはできる。目的は、やがて達成できるだろう。だが、それが歌と何のかかわりがあるというのか。

わたしたちは、毎日飯を食っている。なぜ飯を食うか。生きるためである。なぜ生きるのか。楽しいことばかりでもあるまいに、何の目的があって生きるのか。若い頃には、人生に目的も感じただろう。しかし、おおよそのライフサイクルを終えたあと、その上に何の目的があるというのか。

何の目的もありはしない。生きるということに、目的などない。けだものも鳥も、草木も、目的なんぞ持って生きていはしない。しかも、あのようにうつくしい。

歌を作るということは、毎日飯を食って、生きていくことに似ている。　（一九九六年七月）

作歌の基本的な心構え

新しく歌を初めた方々がふえたので、基本的な心構えをいくつか記しておきましょう。
一、読むこと。いろんな短歌入門書や解説書も出ていますが、一冊しか読めないとしたら、それはもちろん、歌集です。歌そのものをできるだけ多く読むこと。アンソロジーではなく、歌集が良い。わからなくても、そのうちわかるだろうというくらいの気楽な気持ちで、今の自分にわかるものを楽しめばよい。そうこうしているうちに、茂吉風に言えば「ふるいつきたくなるような歌」に出会うはずです。「ふるいつきたくなるような歌」が、自分のノートにどれくらい秘められているか――これが、大事です。このような歌こそが、あらゆる意味で力の源となるのです。
二、作ること。当然のことながら、〝畳の上の水練〟では役立ちません。はじめのうちは、とにかくたくさん作ってみるのがよいでしょう。それと同時に、「語彙ノート」をつくること。日常生活でつかう語彙はごく限られた狭い範囲のものであり、しかもテレビや新聞などの通俗かつ半端な報道用語があふれています。この範囲の語彙で良い歌をつくろうとするのは、〝金持ちが天国に行く〃くらい難しいことです。ノートの作り方は、たとえば、声価の定まった歌集から、自分が歌でつかったことのない語を抜き出してゆきます。珍しいことば、カッコよさそうなことばばかりをぬきだすのではありません。そういう類の語はほとんど応用がききません。そうではなく、目立たない語で、自分の歌につかったことのない語がたくさんあるはずです。また、同じ事でも、さまざまな言いあらわし方があることに気付くはずです。「語彙ノート」は、歌を作りつづけていく限りこころがけていなければならないことです。

また、歌をつくるときには、素材を何にとろうとも、その時うごいたおのれの心をごまかさずにまっすぐに出すようにしなければなりません。先日、久保井さんが窪田空穂の『短歌に入る道』という古い貴重な入門書を見せてくださいましたが、それにも、「いい歌とは、自分の心を十分あらはしえたものです」「心の生地を出さうと思ふことです。生地とは心の心で、殻を破り去つた本当の心といふことです」と書いてあります。

三、それぞれに限りある存在であるということを知ること。歌を作り続けていく上での基本的な心構えとして、自分の目の届かないもの、自分の目の及ばないものへの敬虔な思いというものを持っていて欲しく思います。

たとえば、歌における経験と技術の上からのみ言えば、私は皆さん方に対して二十年余りを先んじていますが、しかし、歌は、五七五七七にことばを並べる技術だけでは作れません。私は私の歌を私の誠を責めて作り、あなたはあなたの歌をあなたの誠を責めて作る。私には、あなたという存在と生の営為が隈なく見えているわけではない。わかるところもあるが、わからないところもある。そのわからないところを、私は大切に思っています。あなたが、歌の上にあなたの誠を専心に責めるのを見るとき、むしろ私の方が励まされ力づけられ、教えられるのです。

（一九九六年十月）

内心の声

内心の声を聴く、ということは、なかなか難しい。というのも、内心の声は、かげろうのように一瞬ふわっと浮かんでくるだけだから。

心配事などがあるときに付いて離れない考えとか、日常の怒りや不満が噴出してくるときの心の中の声とか、ああいったものは、内心の声とはいわない。それらの声は、世間生活で右往左往するところから出てくる。これは、内心の声をかえってかき消す。

たとえば、人の歌を見て、ふっと浮かんできた〈結句がつまらないなあ〉〈比喩が物足りないなあ〉というような思いを、あわてて打ち消して、そんなはずはないとばかり、自らへの自信のなさから、後から思い直した理屈を歌会で述べたりしてはいませんか。

人の歌の批評のときにも、自らの歌を作るときにも、心の底の底から一瞬ふわっと浮かんでくるものを、あやまたず捕らえ、臆さずに人の前に提出する、ということが大切である。

世間の有名歌人のものだから、これはいい歌に違いない、などという思いこみは、無用。どんな有名歌人のものでも、自分にとって意味を生じるものでなければ、それは無きに等しい。宣伝にまやかされず、自分の目で読むこと。

自分の目で読んだ良き歌を、ふところに大事にたくさん貯めておかねばならない。

といっても、自分の目が最高ではないし、すべてではない。人は、自分の目の程度に応じたものの選びをするものである。そのことも、ようく承知しておかなければならない。

結局のところ、自分の目の程度に応じたものを充分楽しむのは、そこから脱皮するためである、ともいえる。趣味は、成長する。（この「趣味」は、あなたのご趣味は何ですか、という意味での「趣味」ではありませんよ。）

風邪をひいて、この四、五日寝てばかりいたので、頭がまとまらない。体力がなくなると、ものが考えられなくなる。それでも、五七五七七は、熱のあがったまとまらない頭でも、言葉をころころ転がして楽しんでいることができる。

どうも、ろくな歌もできはしないのですが。


（一九九七年一月）

朽ちかかる老木

この教室は、おおかた常にわたしが最年少なので、老人とか年寄りとかいう言葉を無遠慮につかって、あやうく舌禍をひき起しそうになることがある。皆さん、口には出さないけれども、むっとしたのち、「年が若いから、まだ気持ちがわからないのね。わたしもあの頃はそうだったから仕方ないわ」と、寛大なお心で許して下さっているのではないか。

だが、わたしは、老人は老人、年寄りは年寄り、爺も婆も、それはそれで良いではないかと、つねに思っている。熟年だの熟女だの、ヘンな言葉を作って、まやかしのおだてをあげをしなくてはならない老人の貧しい現実を、歌を作るわたしたちはしかと見つめる必要がある。新しいものにしか価値がない科学万能主義の時代のなかで、老人という言葉が貧相なものになってしまった。

老人にとって若者は、眺めているだけでも希望と喜びを与えてくれる存在だが、逆に若者に希望と喜びを与えてくれる老人がどれくらいいるだろうか。若さは、努力せずとも、誰にでも与えられている輝きである。しかし、長幼の序といったような儒教的な道徳観念さえも崩れ去ったいま、老いには努力せずとも獲得できる輝きはない。

若者が老人を見て、老いていくということに希望と喜びを感じ得るような、そういう老人になるには、日々の努力と知恵とを必要とするのである。


朽ちかかる老木の梅にそこばくの艶おとろへし花のゆかしさ　　早川　幾忠

早川幾忠は、画も書も歌もよくする、最後の文人といわれる歌人だが、ある日、会員の老婦人に右の歌を短冊に書いてあげたことがあるらしい。以下、弟子飛松實氏の文章を引用する。

後年、会員の老婦人に、先生がこの「朽ちかかる」の歌を、短冊に書いてあげたところ、しばらくして私のところへ退会する、と言つて来た。わけを聞くと「老人の私を馬鹿にしたやうな歌を呉れた」といふ。いくら説明しても、この歌のよさが解からなかつたらしく、それ切りになつてしまつた。
七、八十歳の老婦人が「朽ちかかる老木」と言われたと思えば、立腹する気持ちは世間的には理解しないでもないけれど、結局のところ、この老婦人は自らの趣味の低さと人間としての卑小さを証明したことになった。

七、八十歳にもなれば、立派な「朽ちかかる老木」である。艶もおとろえる。だが、そこにも花は咲き、「そこばくの艶おとろへし花」のいろは、えもいわれぬ風情をかもす。この歌は、老いに対する讃えの歌なのだ。

大声で、誇りをもって、老人とか年寄りとか、爺、婆、老婆、老女……などなど、言いあえるようでありたいものだ。

（一九九七年四月）

わからないものをわからないままに

新しく教室に入られた方々の、吐息のようなものが聞こえる気がするので、せんだってある短歌雑誌に書いた小文を、読んだ方もあるかもしれないが、ここに再録しておこう。

＊

短歌入門書の類は、ぱらぱらと開いて自分の気分に合うものが一冊、手元にあればよい。

じっくり読む必要はない。作歌ノートをつねに身近に置いておくとか、ノートはできるだけ値の張った立派なものを買うがよいとか、そういったごく初歩的な知識を得るくらいで上等だ。むしろ、短歌入門書の類は、いくらか歌がわかってきたころに読む方がいい。よい入門書は、何回読んでも何年後に読んでも、啓発されるところがあるものだ。

初心のうちは歌を読んでも、良いのか悪いのか、意味さえもわからない場合もある、といった具合だから、歌の解説鑑賞書の類が欲しくなるが、それもさしあたりは必要ない。今の自分にわかるものだけを、わかる分だけわかっていればよい。

大事なことは、歌そのものに触れることである。好きな歌集の一首一首を、撫でたりさすったり、分解してみたり、一部分を入れ替えてみたり、そうやってゆっくりじっくりと楽しむ。カレンダーの裏にでも、墨で大書して、壁に張って、毎日眺めて楽しむ。必ず一日に数回は訪れるトイレの壁もいい。

万葉集や古今集なども、そういうふうにして読む。頭注脚注を頼りに、大きな声を出して、わかってもわからなくても読んでいく。読書百遍、意おのずから通ず。

知識をいくら仕入れても、歌の役には立たない。まず歌そのものに自分の素肌を押し当て、全身でその歌の脈を聴く。

＊

わたしたちは、「わからない」ということをもう少し大切にするように、考え方を転回する必要がある。

もうずいぶん昔、宮崎の椎葉村かどこか山の中で、四十年も猟師をしてきた爺さんの聞き書きが、熊日新聞に連載されていたことがある。山の隅から隅まで、知らないところはないという爺さんが、たった一つわからないことがある、というのだ。それは、山ん太郎。風もないのに、梢がひゅうとざわめくが、行ってみると何もいない。山ん太郎は確かにおるばい。記者が身を乗り出して、その正体を確かめてみたいと思わないのですかと聞くと、爺さんは、いいや、というのである。

今の自分にわからないものを、わからないままに、そっと大切にしておく――そういう心組みを、わたしたちは、忘れて久しいのではないか。

（一九九七年七月）

推敲とは掘り出すこと

推敲ということは、本当に難しい。自分の歌ほど、わからないものはないからである。下手な推敲するより、新しい気持ちで、新しい歌を作った方がいい場合も少なくない。しかし、まったく推敲ということを考えないのも、やはり進歩がなかろう。

推敲の一　歌というものに未経験なことから来る、語句の言い回しの未熟を訂正する。

いくらすばらしい能力を持ったコンピューターだって、まず基礎データを入力してないのでは、使いものにならない。いかに多くの歌を体の中にためこんでいるか、ということが、まず重要である。毎日、ご飯を食べるように、自分の好きな歌を読み、かつ味わう。おいしいと思うものでなければ、身につかない。おいしい歌を毎日たくさん食べているうちに、体は知らぬまに成長し、一か月前に作った歌の語句の未熟におのずから気づく。

推敲の二　素材対象に関しての研究不足から来る、曖昧さを明確化する。（つまり、具体的でありありと目に見えるようにということ）

物の名というものをまったく知らないでは、歌は作れまい。薔薇を見ても、椿を見ても、サルビアを見ても、「花」「赤い花」くらいでは、赤子と同じである。薔薇は、いつ咲くのか、花弁は何枚か、葉のつき方は、その散り方は、と、観察が行き届いていればいるほど、自家薬籠中のものになってくる。自分がうたおうとするものを常に観察研究しておくことが必要である。（ただし、観察したものをすべて歌にしようなんて、考えてはいけない。観察は観察であって、歌ではない）。自分の身の回りの風景などは、知らず知らずのうちに、四季折々、また日々、時々刻々の変化を観察しているから、良い歌ができやすいのである。

推敲の三　言葉そのものの研究不足から来る、不正確さを排除する。

歌は、いうまでもなく、日本語で作るものである。絵画でいえば、絵の具とかキャンバス。書でいえば、墨とか筆、紙。音楽でいえば、楽器の種類。それぞれについて何の知識も養おうとせず吟味もなくて、良い芸術をつくろうというのは、当然心得違いである。

歌における言葉は、他の芸術の場合のように物質的な素材でないだけに、その重要さは比較にならないように思える。

推敲の四　上塗りするのでなく、掘り出す。

推敲とは、なだらかに、歌らしく、上手に、完成させていくことではない。自分の内部に突き上げてきたものの正体をくまなく掘りあげて、明らかにするのである。推敲の一、二、三が未熟だと、それがなかなかうまく出てこないが、そこは多少不器用になってもぎこちなくても、不完全でも、とりあえずおおかたの正体をそこに取り出すということが最も大事なことである。

何かありそうに思ったけれど、掘りあげてみたら、何にもなかった、ということも、もちろんある。そういう場合は、捨てる。中身がないのに、上塗りだけしている歌ほど、退屈なものはない。

推敲の五　おのれの力量を知る。

初心のものは、誰でも自分に力量などというものはない、と思っているから、問題はない。力量らしいものが身についてくると、歌を作るのが、どんどん、どんどん、苦しくなってくる。ものが見えてくるから、苦しい。自分に対する期待値が高くなってくるから、苦しい。そういう時には——残念、紙数がつきました。あとは、教室で。

（一九九七年十月）

花の芽を欠く

毎度のことながら、キャラバンの歌稿の出来上がったものを見ると、なかなかやるものだなと、感心したり、うれしくなったりする。しかし、ここにたどりつくまでに、それぞれ、どんな苦労をしたかということは、わたしがよく知っている。

歌というものは、右肩上りの坂道をのぼるようなぐあいに進歩するものではない。少なくとも、主観的には、まったくそうではない。思わず知らずのめりこんでいる時期が過ぎると、やがて、逆さに振っても何にも出てこないような思いのする時期が来る。そういう波は、人によって違う。調子のよい人が側にいると、自分のへっこみがよけいに感じられて、意気消沈する。ひとつひとつの歌に心をこめてつき合っているのは、作者の次に間違いなくわたしなのであるから、それぞれがどんな調子にあるかということは、作者の次にわたしがいちばんよく知っている。しかも、わたしは、そういうことについていくらか経験を積んでいる。

たとえるならば、親が思春期の子供の行動をはらはらして見ているような、そんな心持ちなのである。もうそろそろ調子が落ちてくるぞとか、いま苦しいだろうなあとか、ここをがんばって越えるといいんだがなあとか、心の中でつぶやきながら見守っている。(実年齢では、まったく逆なので、ここらが妙味。)

そんなことを考えながら、少しずつ芽のふくらんできている桜並木の下を歩いていった。例の野良猫に餌をやりに行くのである。ふっと空を仰いだときだったろうか、花の芽を欠くのだ、と思った。

たくさんついた花の芽を、適宜に欠くと、生のエネルギーは残りの芽に集中して噴出せざるを得ない。そして、大きなゆたかな花を咲かせる。あれはいけない、これはいけないと歌の出口をふさぐのは、花の芽を欠くようなものだな。芽を欠かれて、だんだん勢いがなくなって、枯れてしまうものもあるのだろう。

みずからをゆだねて悔いないと思えるものに自分の芽を欠いでもらわなければなるまい。絶対、ということはないのだから、たぶらかされて、枯れることになっても仕方がない、と思えるようなものに、自分の芽を欠いでもらうことだ。

わたしに、人の芽を欠く資格があるか――といえば、それはわからない。これも自分をひとまず信じるしかない。

それにしたって、あれもこれも芽を欠かれたって、それで枯れてしまうなんて法があるものか。生きてるんだから。こんな桜の老木だって、幹はぼろぼろになっているけれど、その中枢のあたりでは懸命に水分を吸い上げ、梢の芽に送り続けているのだ。水分を吸い上げていさえすれば、枯れないのだ。そんな生のエネルギーの弱いことでどうする、生きてるんでしょ――何にともなく、怒りのようなものが湧いてきて、思わず腹の底に力がこもった。

それから、われにかえって、おかしかった。

（一九九八年一月）

虚子の俳談

先日は、高浜虚子の『立子へ抄』『俳談』（いずれも岩波文庫）を見つけたので、ついでに今まで何度も手にとりながら買わなかった『俳句はかく解しかく味わう』を加えて、買い込んだ。虚子は、食えないジイサンである。近代以後の俳句を抄出した簡便なものを通読しただけでも、そう思う。食えないところが面白く、興味をそそられる。けれど、もうたくさん、といった感じもかすかに起こる。長いあいだ、遠ざけていた。

それが、一年ほど前、玉城徹著『俳人虚子』（角川書店）を読んで、眼を開いた。大人物である。わたしは、俳句はおおざっぱな享受者だが、俳談の類がじつに面白い。

帰って来て、さっそく寝ころんで、拾い読みをする。すると、こんな文章がある。

選

俳句の選という事は、俳句を作るという事と相並んで重きを置くべきものである。句会の席上でも作句に努力する人はかなり多いが、選句に努力する人は余り沢山ない事を実は残念に思って居るのである。中には自分の前に廻《まわ》って来た句稿を取上げて自分の句が句稿にあるかないか、という事に気を止める位でさっさと次へ廻してしまうような無責任な人もある。こういう人は一生かかっても選句が上手《じょうず》にならぬばかりか作句の進歩も覚束《おぼつか》ないものである。

選という事に深く意を払って自分の作句の拙《ま》ずかったのを恥ずるが如く、自分の選の拙ずかった事を恥ずる位に心掛ける人でなければ駄目である。

句会の席上などで私の選句にのみ重きを置くのは間違って居る。苦心して選をする人であるならば自然その選の中にその選者の傾向、好尚を看取する事が出来る。作句に接してその人の風貌《ふうぼう》を懐《なつか》しむ如く、その選句に依ってその人の好尚を看取すべきであろう。

『立子へ抄』

これだけである。文の呼吸とともに一語一句を味わいたい。

わたしは、歌をはじめて以来、言わず語らずのうちに、右のような態度を学んで来た。選をするときに、無私のこころになって全力を出し切ることのできる人でなければ駄目である。尊敬できる歌人の選には、充分注意を払うべきである。選にも添削にも、その人の歌の傾向があられるものである。――だが、態度は、おおよそ摑んでいても、それを虚子のような言葉で伝えることはできなかった。大人物の成し得るところか。

さらに頁をめくると、「俳句を導くのには」という項がある。俳句では「一緒に作ること」が一番。「句稿を見て○をつけたばかりでかえす」がその次。「理窟を言ったり説明したりして教えるのはかえって迂路《うろ》である」。これにも膝を打ったが、さて、困った、わたしのカルチャー商売はあがったり――。

（一九九八年四月）

〈自己〉組織の改変

歌というものは、ある程度やれば、誰でもそれなりにかっこうのつく文芸である。そこまでいくのに、あまり時間はかからない。

それなのに、どうしてこんなに〝わかった〟という気がしないのか。……五年経っても十年経っても、アキツさんはちっとも賞めてくれない、かえって厳しくなる。アキツさんは教え下手なんじゃない。もっと賞めなきゃ伸びるものも伸びないわよ。

まず、一つ。賞められようとする気持を捨てて下さい。確かに賞められることはうれしい。しかし、それは自分が行っていることのオマケである。賞めことばで釣られようというのは、自分を幼児の位置に卑しめることではないか。賞められようと賞められまいと、なすべきことをなすのが一人前の大人というものだろう。そういう意味において、われわれは、対等である。だから、アキツさんでけっこうだ、というのである。そういう大人の自覚に立ったうえで、アキツのみならず、他者のすぐれた部分を尊重し、享受し、自らの養いとしてゆきたいものではないか。

だいたい、良いことをしても、すぐれた仕事をしても、渦巻く嫉妬や利害関係や先入観や、もろもろの要因が作用して、そうたやすく賞めてはもらえないのが大人の世の中、世間というものだろう。かえって、うっかり賞められたりなんかすると、あとがこわい。そんな世間に比べて、わが教室はごく単純なものである。良い歌に感ずれば、すなおに嘆声を発するばかりなのだから。

〝賞めてもらおは乞食のココロ〟と、かの田中美津さんは言った。自ら出る嘆声以上の賞めことばを、人からむしり取ろうとしないことだ。

それから、もう一つ。コップに水を満たすのと、バケツに満たすのとでは、どちらが大変か。

歌はコップだ。すぐに水の満たし方に習熟できる。しかし、小説みたいに大ボラ吹いている間《ま》がないものだから、作者の性格や性癖があらわになりやすい。飽きっぽい人は、すぐにコップを投げ出すし、ずさんな人は八分目くらいで次のコップに手を伸ばす。神経質な人や真面目な人は、過不足ないようにと緊張して、かえって手がふるえてひっくり返す。

もっとも、性格や性癖はときに愛敬とも魅力ともなりうるもので、問題は、小説などより何倍も早く、作者の位《くらい》している現在の〈自己〉の飽和点に達してしまうということだ。そこが短歌の特長である。

〈自己〉組織の改変すなわち注ぐ水の水質改善をするか、あるいはそのままマンネリズムにおちいるか、そういう節目が何度もやってくる。

修行とか修養とかいう語を連想させる〈自己〉組織の改変は、しんどい地味な古くさい課題で、そんなことより、コップにとりどりの色つき水を入れて、香りもつけて、どうです、楽しいでしょう、というのが昨今の短歌である。

わたしは、それを好まない。わたしには、〈自己〉組織すなわち自分の考え方の総体を打ちきためてゆくことほど、面白くわくわくすることはないと思われるのだ。

（一九九八年七月）

おいしい言葉

町の図書館に本を返しにいって、ついでに書棚に目を遊ばせているとき、「おいしい言葉が食べたい」という言葉が迸り出た。

このところ、堅苦しい文章ばかり書いていて、するうち、歌ができなくなった。机の前にいくら坐っていても、散歩に出ても、木を見ても花を見ても、空虚である。どうしてこんなに何にも浮かんでこないのだろう。ついこのあいだは歩いていても、坐っていても、するっと詩句の断片が浮かんできたものだのに。栄養が足りないかな……。今までの経験から、そんなふうに思うともなく思っていたのである。

二十歳前後のころも突如として詩が読みたいと思うようなことがあったが、あれは、細胞の新陳代謝の盛んなころで、身体にたまる情感のエネルギーをうまく排出しようとする無意識の要求からであったように思う。言葉の何たるかをも、まったく知らないころのことであった。

図書館の地下に降りて、詩歌の棚をめぐる。フランスかギリシャか、何か洋風の「おいしい言葉」はないかしら。あれこれ引き出す。

エズラ・パウンドを一冊借りて帰ったが、翻訳の詩のまずいのは何とかならないものか。どうも満足し切らない眼に、机の上に置いた紙切れの北原白秋「帰去来」の詩が入った。ある雑誌から引き破ってとっておいたものである。

山門は我が産土
雲騰る南風のまほら、
飛ばまし、今一度。

筑紫よ、かく呼ばへば
恋ほしよ潮の落差
火照沁む夕日の潟。

盲ふるに、早やもこの眼
見ざらむ、また葦かび、
籠飼や水かげらふ。

帰らなむ、いざ鵲
かの空や櫨のたむろ、
待つらむぞ今一度。

故郷やそのかの子ら
皆老いて遠きに、
何ぞ寄る童ごころ。

ああ、やっぱり「おいしい言葉」とは、こういうものだ。撫でるように、何度も目でむさぼった。

この白秋の詩は、古事記歌謡の「倭は国のまほろば。／畳なづく 青垣。／山隠れる 倭し美し」を下に敷いている。望郷による国ぼめという意味合いもそうだが、それよりむしろ四音六音を基本にした偶数律が、この古い歌謡の面影を遠くなつかしく響かせる。この響き――。「帰去来」は、もちろん陶淵明の「帰去来いざ、田園将に蕪れんとす、なんぞ帰らざる」。古事記歌謡と陶淵明の詩が筑紫のくにの山門望郷に注ぎ込んでいるのである。

言葉の味わいは、このように時間のかなたからの美しい響きが幾重にも重なったところに生まれるのだろう。


（一九九八年十月）

評価

例のごとく、歌会の後、居酒屋で騒いでいたときのこと、男性が血相を変えて怒り出した。定年退職して、第二の職場で悠々自適している、歌を始めてまもない男性である。歌を読むのは好きで、古典にもよく通じている。歌会参加の二回目のことであった。

「評価なんて、わたしたちは散々会社でやって来ましたよ、あんなの、もうごめんだ。あなたが歌に良い悪いがある、評価をするというのなら、わたしは即刻やめさせてもらいます」

わたしも酔っ払っていて、あの猛然たる勢いをもって吐かれた言葉をよく覚えておらず、ここに活写できないのが残念だ。さしものわたしもまあまあとなだめるばかりで、反論の術もなかったのであるが、一方で、世間からすれば立派な経歴を持っているこの男性の、サラリーマン時代に味わわされた痛みが思われて、申し訳ない気持ちがした。
「評価」という語は適切でなく、「価値」とでも言った方がよかったのか。
世間での〝評価〟は、点数とか、株式とか、金銭とか、ことごとく数量化して判断される。
しかし、「価値」には、そのような交換価値の側面とは別に使用価値があるのだ。質としての価値である。

現代のわたしたちの社会では、質としての価値さえ、ことごとく量に換算して評価する傾向があり、数量化し得ないものは無いと同然の扱いをされる。数量化されたものは、すべてが一つの尺度上に並べられ、序列化される。例の男性の怒りは、そういうものに対する心の底からの異議申し立てであったろう。

しかし、だからといって、わたしはこれが好きよ、あなたはそれなのね、めでたしめでたし、といった価値相対化がわたしたちの求める世界といえようか。そのなごやかさには、どこか欺瞞と怠惰とが混じり合った腐臭が漂わないか。

わたしは、歌を二十数年間やってきて、少なくとも歌には、はっきりと良いものとつまらないものがある、と確信する。それは、疑いようのないことである。目の開いたものには、間違いようのない、歴然とした違いが見える。

現代のわたしたちの脆弱さは、自らの目を鍛え、使用価値としての価値を自らの目で見分けていこうとする意欲をなくしてしまったところにある。何でも鑑定団などというテレビ番組のように、権威ある誰かにお墨付きをもらって、金銭をはじき出してもらって、0の数の多さで、躍り上がったり、ひれ伏したり、したがるところにある。

わたしがお金をキライでないごとく、交換価値をまったく否定はしない。数量化は、時に有効である。しかし、わたしたちは人間なのだから、コンピューターでは不可能な、質としての価値を見分けるための修養を大切にしたいものではないか。〃権威〃だの、〃評判〃だの、〃知名度〃だの、そんなものにごまかされない、「自分の目」を磨きたいものではないか。

（一九九九年一月）

「先生」

わたしたちの教室では、わたしを「先生」と呼ばないことにしている。その理由を、折りにつけて、いろいろな言い方でしてきた。今日、ここにあげるのは、昨年九月の「文藝家協会ニユース」に掲載されていた武田弘之氏のエッセイ。

（略）私の歌の師匠である宮柊二先生はコスモス短歌会の創立者だが、生涯、「主宰」を名乗らず、会員が自分を安易に「先生」と呼ぶことを戒めた。先生、先生と言って近寄る会員がいると、「その先生の歌を二十首ほど今すぐ暗唱してごらん」と言って、会員をふるえあがらせたりされた。

弱輩の私がコスモス短歌会に入会して間もなく宮先生からいただいた年賀状には、「……私も勉強しますから、道づれになって下さい」と書かれてあった。創作活動の上では師も弟子もない、共に励んでいこうという激励である。

わたしが歌を始めたころには、まだこのような気風が残っていたのである。直接に手取り足取り教えてもらった石田比呂志はもちろん、「未来」短歌会での近藤芳美や岡井隆や田井安曇や河野愛子や、どの歌人も皆、言わず語らずのうちに右のエッセイに述べられているような雰囲気を多かれ少なかれ共有していた。わたしたちは誰もが近藤さん、岡井さん、と呼び、歌の批評の場では、「師も弟子もない」立場で、及ばずながら全身を振り絞って立ち向かった。しばしば若気の至りで、振りかぶり過ぎになるのであったが、その〝失礼〟を決して咎めだてされることはなかった。真正面から切り捨てられることはあっても――。

やがて、初心者向けのカルチャーセンターや、マス・メディアによる通信添削や、そういったものが多くなったころから、歌人たちは「先生」と呼ばれることに抵抗を感じなくなっていった。そして、いつの間にか、宮柊二の持っていたような、短歌に対するつつましい敬虔な態度をも見失い、自ら「歌人」と称して何の羞恥も抱かないような昨今のご時世とは相なったのである。

わたしに言わせれば、せっかくたくさんの人々が、カルチャー・センターや通信添削を通して短歌を学びたいと言って来ているのだから、歌を学ぶ基本の態度――かつて自らも学んだような――から伝えるのが本当なのだ。それはしないでおいて、切り売りしやすい技術面ばかりを小出しにして、「先生」に成り下がっている。

「……わたしも勉強しますから、道づれになって下さい」――美しい言葉ではないか。わたしは、この教室の一人一人に、同じように言いたい。

ところで先日、コスモスのある歌人から、宮柊二も会員が〝前衛〟派の集会などに出かけるのをたいへん怒ったという話を聞いた。やはり年取って耄碌したか、と思ったが、よく考えてみるとそうでもあるまい。

宮柊二は、自らのなしてきた歌の全探究にかけて、前衛短歌は認めなかったのである。ここらあたりは、阿吽の呼吸だ。ある弟子から見れば、狭量・耄碌・束縛・横暴等々以外のなにものでもなく、ある弟子には師匠がその歌の何を否定しているのか考えるきっかけとなる。面白いことである。

（一九九九年四月）

赤子のように

久保井昌子さんの歌集『彩雲』が、この四月中旬に刊行され、九月十五日には、教室の方々の肝入りで、出版記念批評会が催される。二、三年前の近江あいさんの歌集『五重相伝』と合わせて、この短歌入門講座開設十年の成果である。

キャラバンに十首ずつ発表して、一年で四十首、それを十年やると四百首、ちょうど一冊の歌集になる分量だ。努力家の久保井さんは、それに加えるに百首ほどあった。

しかし、はんこをつくように機械的に歌をためて、たまったから歌集を出す、というのでは、つまらない。出版するのは、する方の自由だとしても、読まされる方は正直言って地獄である。釈迢空はかつて書いた、「これがまっさらの白い紙であったらどんなに良かったか……」。

歌が上手だとか、下手だとかは、関係ない。有名、無名も、関係ない。「上手」な「有名」歌人だって、はんこをつくように作った歌集は、退屈だ。

昨年亡くなった「あまだむ」の仲間、二瓶歌子さんのささやかな歌集『歌子』は、死の床についたのち、急遽編んだものであった。歌壇関係者には送らず、所属誌「牙」と「あまだむ」の仲間だけに送った。見も知らぬ歌壇の人々にとっては、片片たる歌集にすぎず、開いてくれることさえないかもしれない。けれども、毎月、誌上で歌を見ていた仲間たちに、二瓶歌子という名前を心の隅にとどめておいてもらえれば、どんなにわたしたちの心も温もることだろうと思われた。うれしいことに、瀕死の床にある二瓶さんに全国から歌集出版のお祝いと激励が届いたのみならず、その死の後も、見知らぬ方々から読みたいという申し出があり、先日は、かの田井安曇さん（「綱手」主宰）からさえ、お申し出があった。

毎月の歌会や、雑誌では、二瓶さんの歌は、少しも目立ったものではなかった。ところが、いよいよ一冊にまとめてみると、五十歳すぎて夫の家を出、病院の付添婦の仕事をしながら、苦しんだり、悲しんだり、迷ったり、憤ったり、喜んだりする自らのありようを、少しも繕わず、まっすぐに見つめてきた、その生き方の姿勢がはっきりと見えてきたのである。その虚飾のない姿勢が、人の心をうつのであった。

世間で体裁を繕うのは、これはいたしかたのない場合もあろう。そうした方が、エネルギーのロスが少ない場合もある。しかし、こと、自らの歌に向き合うときには、赤子のように正直でなければならない。思無邪、思い邪《よこしま》無し、である。

ところが、人間というものは、自分の心にさえ体裁を繕い、虚栄を張り、気取りがちなものだ。それを、歌一首作るごとに、どうか、どうか、と、自らの胸をおし叩き、確認をしていかなければならない。やっかいなことに、歌が上手になればなるほど、体裁も虚栄も気取りも出やすくなるものだから――。

久保井昌子さんの歌集の評判の良いのも、一首彫琢の苦心に、まじめな正直さが躍如としているからであろう。

九月十五日は、たくさんの先輩が、久保井さんにいろいろな助言をして下さる。久保井さんのことだから、これを機会に、一層飛躍するはずである。

（一九九九年七月）

牡丹とすみれ

牡丹の花とすみれの花を比較するのは愚かだ、という話を、先日、教室の後のお茶の時間にした。牡丹には牡丹の、すみれにはすみれの良さがある。その通り。けれど、ある意味では、このたとえはあまりにも正し過ぎて、なんだか、出来の悪いわが身をすみれにたとえて慰める感、なきにしもあらず。どの子にも良いところがあるんだからそれを見つけてほめてあげなくちゃ、なんていう、教育的モラルまで連想されて、だんだん窮屈にも退屈にもなってくる。

じつは、牡丹の花と一口に言っても、どれも美しく咲くわけではないよ。蕾のうちに腐れてしまうものもあるし、虫に食われるものもある。咲いたかと思うと、雨にあたってしおたれてしまうものもある。すみれだって同じで、せっかく蕾をもったのに、人の足に踏まれてしまうものもあるし、ひねた花しか咲かないものもある。ああ、と、人が嘆声を放たずにはいられないような花は、そうやたらに咲くものではない。

牡丹が立派な牡丹の花を咲かせる力と、すみれが立派なすみれの花を咲かせる力は、価値としてはまったく同じ。つまり、牡丹は牡丹として全力を絞らなければ、蕾のままで腐れるかもしれないのだし、すみれもすみれとして全力を絞らなければ立派に咲くことはできない。主観的には、同じように精一杯の力を使わなければ、牡丹は牡丹の、すみれはすみれの花を咲かせることはできない。もっとも、その力の量を第三者から見れば、大きい牡丹の木の方が、大きな力を使っている。つまり、すみれの何倍もの力を使わなければ、一輪の牡丹の花は咲かない。

＊

ある日、大きな蕾を重おもと垂れた牡丹が、足下の地面に花びらをりんと張って咲いているすみれを見て言いました。

「ああ、うらやましい。すみれは、もうあんなにやすやすと花を開いて。わたしのこの固いこぶしのような蕾は、いったいいつになったらゆるびはじめるのか。恵みの雨も少なく、わたしの根も茎もへとへと。それに比べると、すみれはこれっぽっちの水を吸いあげるばかりでいいんだから……」

ため息混じりの声が上から漏れて来るのを聞いたすみれの花は、紫の面をくいとあげて、薄い花びらを震わせて、言いました。

「わたしがそんなに楽をして咲いているように見えますか。あなたの根はわたしの何倍も深くまで張っているし、茎はそんなに太々として、どんなに恵まれているか。わたしは、この頼りない茎一本を精一杯に立てるしかないんですよ。風で吹き倒されそうになるのを必死に耐えて、ようやく花びらを張っているのです」

その声も終わらないうちに、少し離れたところに咲いている濃い紫のすみれが口を開きました。

「あー、やだやだ、必死とか耐えるとか。わたしは風が好き。風が吹けば吹くほど、楽しくなる。だって、その時わたしのからだ全体から音楽が生まれるんですもの」（一九九九年十月）

自己愛

窓の外のけやきには、三月の明るい光がさしている。机の前に坐っていると、ふと「人間なんてロクなもんじゃないな」という言葉が口をついて出た。人じゃない、自分のことを思っているのである。

パンドラの箱は、一人の人間そのものだ。ありとあらゆる醜い汚らわしいもので溢れかえっている、その底に一つ、光る希望。夢。そのたった一つの光を顧みないとき、人間という袋はずるずると重力に引きずり下ろされるがままに形を失って、地の泥濘を這いずりまわる得体の知れないものに成り下がるのだ。

　重力に抗して、背筋を伸ばしているのは、あまり楽なことではない。けれど、そうしないと、ちゃんとした人間の形が生まれない。

　先日、ポストに、「relation」というＮＴＴの広告マガジンが入っていた。薄いけれど、しゃれた小冊子で、なかに人形創りの辻村寿三郎のインタビューがある。ＮＨＫの新八犬伝などの人形を作った人だが、創るだけでなく、人形と舞台で舞うということもするそうだ。

「自己愛なんて人に見せるものではありませんよ。得々として、自己愛を語る人もいますけれどね。創作とは、自己愛を見せないようにすることだと思う」

「自分だけが愛しているものを創る、ということはしない。それがわたしの創作の基本です」

　人形であろうが、歌であろうが、「創作の基本」というものは同じ、一つの芸に精進した人は必ずそこを把握するものだと思った。

　短歌を高年になって始める人で、一番自己愛の強いのは、学歴も立派で、社会的にも功成り名遂げた、世の人々からは一目置かれる定年紳士である。（当たる人がいたら、ごめんなさい。しかし、事実です。）土屋文明いわく、自らに頼むところのあるものは歌を作るべからず、の真意はここにある。

次に自己愛の強いのは、良妻賢母の立派な主婦。（あちこち当たりそうですが、ご寛容を。本当のことです。）これは、形を変えた自己愛で、子供や孫のみならず、自分の身のめぐりのもの一切がその対象となり、客観視する、突き放して見る、ということができない。

わたしはこれでも相当気を遣っているので、教室で「それは自己愛でしょ」という言葉は、よう口に出せないできた。自己愛は、その人のアイデンティティすなわちプライドの源になっているからである。

創作するということは、この出来上がった自己というものを打ち崩すことである。プライドの鼻を自らへし折ることである。そうして、心をいつも赤ん坊にしておくことである。ところが、それ、人間はロクなもんでないから、「創作の基本」を知ってはいて、ひとたびは自己否定をくぐってきたことはあっても、たちまち自己愛に浸っていくのである。自己愛を巧妙に作品に混ぜ込んで、自己愛の好きな人たちに共感してもらうという、高等テクニックだって、あるのだから。

（二〇〇〇年一月）

言語芸術としての歌

昔から、ゴッホの手紙や、ロダンの言葉や、エッカーマンの書いたゲーテや、芸術家から落語家・幇間にいたるまで、いわゆる芸談議を読むのが大好きである。

九州から発行されている短歌雑誌「高嶺」には、もう長いあいだ坂本繁二郎の画談が掲載されている。身のめぐりの絵画修業者の絵に批評を与えながら、時にもらす画談を、断片のままにつづっているものだ。六月号には、次のような言葉があった。

「譬へば、技術だけうまい人と、自然を受け摂つた力のすぐれた人との絵は、根本の問題に相違がある。ところが絵の上では両者をゴッチャに見て評価する人がゐます」

「その時代に目立つた技巧は、その時代が過ぎれば忘れられるものです。自然の認識の深い作品は永遠の力をもつてゐるものである」

こういう言葉には、何かしら時をこえた真実がこもっていると思わざるを得ない。

いつの時代だって「技術だけをありがたがつて評価したり、時代性とかを主張して時代性にあつた絵」を重んじたりするもの。現にわれわれの短歌の世界でも見回してみるがいい。どこでもここでも〈うまい〉と言ってはほめ上げ、歌に〈時代性〉があると言っては持ち上げ、インターネット時代の先端を走る歌のスタイルはいかなるものかと血眼になっている。権威的な旧態依然の動脈硬化した歌もいけないが、これほど騒がしく、人より鼻先一寸でも先に出ようとする歌に対するがさつな態度は、少なくとも言語芸術としての歌に携わる者のもつ態度ではない。

要するに、昨今は言語芸術としての歌という観念がふっとんでゆきつつあるのだが、それでもそれがいいとは、じつは皆が皆思っているわけではなかろう。

思ってはいないが、わからなくなってしまっている。どのような歌が「技術だけうまい」ものので、どのような歌が「自然を受け摂った力のすぐれた」ものか、判断がつかなくなってしまっている。だから、たまに判断のつくものが発言すると、その発言そのものが理解されない。「ダリやピカソは、ちよいと変はつて人を刺激するのだが、あの面白さは、ほんたうに人を抱きとめるといふ世界ではなくて、ただ面白いといふだけのものです」。

このような言葉を、何だ、繁二郎はダリやピカソが嫌いなのだなとか、人は好きずき、毀誉褒貶はどのようなものにもあるもの、といった常識でとらえていく人とは、〝共に文学を語れない〟。一方、そうだそうだ、ダリやピカソのどこがいいんだ、とすぐ受け売りする人とも、

〝共に文学を語れない〟。

自分自身の目に、まごうかたなくそのようにしか見えない、という時期の来るのを待って、研鑽を積みつつ熟慮を続けていくような、そんな態度こそが、今もっとも人々に欠けているものである。


（二〇〇〇年四月）

決定版はない

升田幸三という将棋指しがいたのを覚えているでしょう。わたしは、勝負事にうとく、全く関心がない方だが、あの長髪の、痩せた着物姿の老人の写真は、人をひきつけるものがあった。先日、図書館の新刊の棚に『勝負』と大書した升田幸三の本を見つけたのである。奥付を見ると、昭和四十五年にサンケイ新聞から発行されたもの。定価五百円。どうして、新刊の棚にまぎれこんだものか——。

さて、これがおもしろい。

男どもが血道をあげる将棋だの碁だの、ああいう勝負事、ゲームの経験は、いわば世の中を渡ってゆくときのシミュレーションに他ならない。いったい、それはどんな経験か。「将棋的思考法による〝勝負と人生〟を若いサラリーマンに向けて語る」という意図をもつこの本、男の世界を覗いてなるほどと、脳裏に刻みつけておくべき部分は多々あった。

将棋は駒と駒との闘いだから、まあ、それは当然のこと。しかし、じつは三十一文字という歌の形式そのものが、将棋盤のマス目みたいなところがあるのである。

将棋のなかでは、これが絶対だという手はありませんね。

いつも局面の流れのなかで、駒を組みなおしながらすすめてゆく。

だから固定したもんじゃない。自由にしておく。それが真の定跡というものなんです。

ただし、ルール違反はいけない。

わたしたちの作る歌も、これが絶対の決定稿、なんてものはない。一語が変われば全体が組みなおされなければならない。胸中に思い描いている姿に到達すべく呻吟するのだけれども、その到達点は唯一無二ということはない。盤上（三十一文字）に得た駒（言葉）の性質によって、動かし方がある程度決まっており、その性質に従って、全体構成を見ながら、より良い局面へと組みなおし組みなおししながら、進めてゆくものなのだ。胸中に思い描いている姿ばかりにこだわっていると、不自由だ。つらい。苦しい。部分にこだわって盤上の全体構成を見ることができずに、どうやってもへしゃげてしまうから。

かといって「ルール違反はいけない」というのも、含蓄がある言葉だ。駒の性質を充分に理解してもいないくせに、拘束はいやだの自由だのとやるのは、たんなるオロカというものだ。

全体構成というものは、組みなおし組みなおししながらゆくんです。それが出来ないのは、未熟なるゆえか、順調にいっているのか、どっちかです。（略）だから、ものをきめる場合に決定版のきめ方をしておくのはいけない。

えらいものだ。歌もいくらか未熟の域を出ると、とたんに迷い出すのは、こういうこと。それに、順調に行ける時期はそうないのだから、おおむね、組みなおし組みなおししてゆくことになる。決定版というものはないし、あっちゃいけない、というところ、じつに味わうべきである。


（二〇〇〇年七月）

心が弾力を失うとき

いよいよ二十世紀も終わり、二十一世紀を迎えます。わたしたちのキャラバンも、今年は五十号を迎えました。このように長く歌を作り続けていると、いつのまにか歌も溜るし、腕に地力もついています。ところが、一方、惰性というやつもついてくるわけでして、いっこう上手にもならない歌を何のために自分は作っているんだろうと、心が弾まなくなる。文字通り、心に弾力がなくなるわけです。

それればかりでなく、最近は、新聞やテレビあるいは短歌雑誌などで見聞きする歌の、どうやら〝流行り〟らしい若者の歌を見ると、とてもついていけないそうにない。こんな歌を作らなければ世間では認められないのかと思うと意気阻喪もするし、(阿木津さんは古いんじゃない?)なんてひそかに疑いもする――のではありませんか。

しかも、日常はあわただしいこと、このうえない。どういうわけだか、次から次にやらなければならないことが出てきて、歌なんてこと、うっかりするとすっかり頭から飛んでいってしまう。

多かれ少なかれ、こんなところにわたしたちは立たされている、といってもいいでしょう。斎藤茂吉や北原白秋や、大歌人たちが高い峰のようにそびえ、指針としてあり続けてくれていた時代とは異なって、今は何を信じたらいいのか、わからなくなってしまっています。政治や社会状況におけると同じく――。

時代が悪いのさ、と言いたくもなりますが、そう言っちゃあおしまい。責任転嫁。言い逃れ。考えようによっては、強い磁場を持つ大歌人の峰がないからこそ、けし粒のようなちっぽけな種から、わたしたち自身のけしの花を咲かせることができるかもしれないのです。大木の影に、木は育ちません。背の低い下草ばかり。大木がなくなったとき、いっせいに何本もの木が育ち始めるのです。

では、自分は、どんな木であったらよいのか。

わたし自身について言えば、古いといわれようが、化石といわれようが、ある種の口語短歌は、願い下げですね。若い人々（といっても、四十歳前後以下。四十歳といえば身体は立派に初老期にはいってます）は、そういう歌に〝詩情〟を感じたりする人もいるようですが、わたしはお気の毒にと思っています。子供のころから、マクドナルドだのコカ・コーラだの、食品添加物のたっぷり入ったスナック菓子ばかりを食って育っているので、ものの味というものがわからなくなっているらしい。もしかしたら、右のような歌は彼らには絶品なのかもしれないが、わたしには必要ない。

自分の舌が、何を、どのようなものを、必要としているか。欲求しているか。そのかすかな声に耳を澄ませる、鋭敏さと余裕。心が弾力を失うのは、そのかすかにしかのぼってこない声が聞こえなくなっているときのようです。

（二〇〇〇年十月）

メモ三つ

時々ふっと、心によぎったことを、汚い字で、ざっざっとメモしておく、何に役立つということではないが、闇から闇へ消え失せるにまかせるのでなく、一度光のなかへ出してとどめておきたい、という気がして。

このたびのキャラバン後記は何を書こうと、そんな書き潰した原稿用紙やファックス受信紙の裏に殴り書きしたメモを繰っていると、「人間の暗黒　タケシ」「功は舎《や》めざるにあり」「心の素肌をきたえる」と三つ並べて書いてある。

まず、「人間の暗黒　タケシ」。これは、三億円事件をドラマ化したテレビを見たときの感想。北野武と、二十代くらいの青年二人が、三億円事件の犯人として登場する。たけしは、わたしと同じくらいの年齢だろう。この世代の違いが、演技にも如実にあらわれていた。今の若い青年たちは、人間の暗黒部分を演技しきれない。人間の暗黒といったものがどのようなものか、想像が及ばないのだろう。

「人を殺してみたかった」という少年たちの犯罪が新聞では報道されている。あれも確かに心の暗黒には違いない。しかし、こちらは蒙というに近い暗黒。蒙、ではなく、知恵あるがゆえに生まれる暗黒が、人間の暗黒というものではなかろうか。たけしは、それを知っている。ただ、たけしの暗黒は、暗黒に行きっぱなし。ことに、暴力場面にそれがあらわれるようだ。

次に、「功は舎《や》めざるにあり」。これは、論語か何かのなかにある言葉。歌なども持続が大事なんて、カルチャー教室の会員引き止め策のような言辞をわたしも弄することがあるけれど、引き止め策でもお題目でもなく、やはり「舎《や》めざる」ところに「功」は生ずる。

麓から山頂を見て、あれくらいのものか、それならやめた、と思う人もあれば、とてもあそこまでは身が持たない、と思ってやめる人もある。また、途中まで登って、自分はこれくらいのものよとあきらめる人もある。皆、自分の今立っている足下から先を、自分なりの尺度で図って推測しているのだ。あにはからんや、一足一足、自分の足で辿ると、思ったのとはまったく違う経験が次から次とあらわれる。それは、人に言うまでもないような、言えないような、微細事であることが多いけれど、生きて身に迫ってくる経験である。この微細事の集積から功が生ずる。やり進めるには、邪念を払って、足を一足だけ先に踏み出せばよい。

最後に、「心の素肌をきたえる」。歌を作るってことは、こういうものなんだな、と、あるときふと思ったのである。心のお化粧法を学ぶのではなく、心の素肌をみがく。いつも、つるつるお肌でなければいけない。角質は、洗い落とす。歌を作れば作るほど、心の素肌がみがかれていかなければいけない。そういう歌を作らなければいけない。シミも皺も、お化粧で隠しちゃいけない。ありがたいことに、心の素肌に年齢はない。

（二〇〇一年一月）

未来の生をつくっていく

あちこちにはさみ込んだ掲載紙の切り抜きを整理しているとき、昭和五十九年七月十七日付け読売新聞掲載の、若書きの文章が出てきた。タイトルは、「なぜ短歌をやめないか」。この文章の後半部分は、折りにふれて思い出すことがあったが、書き出しなどはすっかり忘れている。左のような具合いである。

じぶんのこころを、正直にながめ渡してみて、やはりわたしは、短歌が好きで好きでたまらないというような、いわゆるうたバカではない。表現することは好きだけれども、それが短歌でなくちゃならんということはない。

短歌は、金がもうからない。もうからないどころか、手弁当で、持ち出しだ。幾晩も七転八倒して原稿用紙書き潰して、一首百円もらったりする。がっちり一割印税引かれて。なかなか文章つづっているではないの、と、十七年前の若い自分にひそかに声援をおくるような気持ちで読んでいく。続いて、表現することは好きだが言葉を操る才能はない、短歌を続ける内の理由も外の理由もない。それなのになぜ作り続けるのか、それは、斎藤茂吉と土屋文明のこれこれの歌に出会ったからだ、と述べ、それから、次のように加える。

こうして、すばらしい短歌に出会ってきたので、わたしは短歌をつくり続けているのだが、もうひとつ、かすかに感じていることがある。

それは、いろんな文芸形式のなかでも、短歌が、もっとも自分の生活をごまかせないようなところをもっていること。短歌は事実を詠むことが多いから、というわけではない。うそもほんともこきまぜてつくっているのが作歌の実態だから、詠まれたことが現実の事実であるかどうかといったことは、ふつう、さして重要ではない。そうではなくて、つくるひとの生（生活、精神、生き方、その他いっさい）と、短歌と、直結しているようなところが、ある。つまり、他の文芸形式ほど才能も技術も労力もいらなくて、そのぶん、

「いっさいの生」があらわになってくるようなところ。

だから、「わたしも、わたし自身の生活も、停滞できないし、ふやけたり、皮膚厚くなったりすることができない」、短歌は「その生活を塗り変えていくことができるラジカルな詩型」である、と結ぶ。

記憶は定かでないままに、折りにふれてはこの部分をわたしは思い出してきた。短歌は自分の現在や過去を記録するものではなく、自分の未来の生をつくっていくものだと、かすかながら確信していたということ。自らの「いっさいの生」をあらわにし、あらわにすることによって新しい生をつくってゆく。それをいちばんしやすいジャンルが短歌であるような、そんな気が今でもするのである。

（二〇〇一年四月）

折鶴蘭

この原稿を書いているのは、わたしの細長い部屋の、どんづまりの窓際である。およそ一間四方の窓には、折鶴蘭が一鉢、吊り下がっている。もう、八、九年ほどもまえに、貰ったものだ。

　猫のパトラが死んだあとには、その魂が移ったように、するすると長い茎が伸びて、目立たない、小さな白い花が咲いた。葉は、青い髪の毛のように長々と垂れて、日が透くと美しかった。

　手入れは何もしないのである。葉が萎えてくると、はたと気づいて、カーテンレールからはずして降ろし、そのいかにも軽くなった鉢を流しにもっていって、ざあと水道の水をかける。もちろん、蛇口を全開にしてはいけないくらいは、わたしも知っている。かといって、じょろなどという気のきいたものもなく、霧吹きでかけるほどのこまめさも忍耐心もなく、なかば開いた蛇口から流れる水を、手で散らしつつ、あっというまに水遣りを終えて、また吊す。

　すると、折鶴蘭は、葉の色をみなぎらせて青い噴水のようになるのである。いきいきとした葉の力を見上げては、わたしはよろこんだ。

　ところが、あんまり雑な水遣りをするからか、絡み合った根が露出して、土が流れて、ところどころ穴ぼこが開いた。葉も、まばらになったようである。

　よし、今日はこの折鶴蘭をまた元気にしてやる、と思い立って、一〇〇円ショップで見つけた、油かす、大豆粕、骨粉、米ヌカ、カニ殻などを配合した「花・野菜の肥料」の封を切った。

油かす、大豆粕、骨粉、米ヌカ……何と、おいしそうではないか。栄養たっぷり、を惜しみなく、折鶴蘭の穴ぼこに注ぎこんだ。ちょっとさらさらしすぎているのが気になったが、こんなに根が露出して穴ぼこが開いているのでは、折鶴蘭もつらかろう。穴ぼこを全部埋めてしまった。

——そして、今日。窓には、鉢の縁にへばりつくように、根腐れした枯れ葉がばらばらと垂れ下がっているばかりである。

こういう話を書くと、わたしの短歌バカぶりをどんなに嘲笑されるだろうと思って悔しいが、長いあいだ慰めてくれた折鶴蘭の手向けに、ここに記す。

お茶の時間に、このことをある人にちょっと洩らしたら、「やり過ぎるより、やらない方がいいんですよ」と軽くいなされた。

まさしく、至言である。身体はいうにおよばず、心の肥料も、親切ごころでやりすぎるより、やらない方がいい。短歌も、微に入り細にわたって添削したり、手取り足取りして教えたりしないように、なるべく不親切にすることにしよう。

（二〇〇一年七月）

自分の歌の良いところ

今年は、七月二十九日の『石田比呂志全歌集』出版記念パーティおよび「牙」東京大会が終わったと思ったら、すぐに十月二十日の「あまだむ」創刊十周年記念シンポジウム「ナショナリズム・短歌・女性性」、さらに十一月三日の記念歌会と、行事がたてつづけであったうえに、共著『扉を開く女たち――ジェンダーからみる短歌史1945～1953』、評論集『折口信夫の女歌論』と二冊の出版をした。その他の仕事も間にあるのだから、どうにもならないような、アタマに余力のない時期が何度かあって、ことに事務的なことが真っ白になるのである。何しろ、ものを書いているときには、わたしの坐る分だけを残して、部屋中が本と紙屑で埋まるのだから。

じつは、この十一月下旬から十二月上旬にかけても、そうであった。言い訳のようではありますが、このキャラバン歌稿について何人かの方々に粗相をしましたこと、どうかお許し願います。

長い間誠実に歌を作ってきた、わたしと同年配の男性Tさんが、初めて歌集を出した。良い歌集であった。機会があったので、ほんの十行ばかり紹介したところ、挨拶のはがきをいただいた。見ると、「どうも肚に力の入らない歌ばかりで」「もう少しなんとか、心の通った歌といえるものを作りたい」「形式的にでき上がってしまっているのではないか」「だいぶ課題が多い」「やはり何だか空疎なところが」……と、謙虚の十乗のような文面。これがTさんなのである。思わず、ほほえんだ。

それで、そんなに否定ばかりしないで、御自分の歌の良いところを見分けるといったことも考えられてはいかがでしょう、と返事を書いて送った。

しかし、じつはこれが難しい。自分の歌の良いところを肯定しようなんて思ったとたん、気持ちがぶわっとゆるんで、しょうもないところをふやけさせてしまうのである。

そもそも、自分の歌の良いところなんて、ほんのぽっちりに決まっている。おおよそは駄目なところだらけで、自己否定の種には事欠かない。ダイヤモンドの層をわずかに含んだ岩石みたいなものだ。だから、当然、ここも違う、あそこも違うと、金槌で打ち砕いていくことになるのであるが、どうだろう、それで最後にダイヤモンドだけうまく残せるかどうか。汗だくだくで、疲労困憊して、瓦礫の山をつくったあげくのはて、金槌片手に呆然とするのが関の山ではなかろうか。

それよりまずは、ダイヤモンドの層の特徴とはいかなるものかをしっかり把握して、そのあとから四、五回も金槌を振るえば、おのずから採り出すべきところは見えてくるというものではないか。

ダイヤモンドとは、〈詩〉である。わたしたちがまず、しっかり把握すべきは〈詩に感ずるこころ〉である。〈詩〉は、いたるところにある。あなた自身のなかにも。しかし、〈詩に感ずるこころ〉は、何の努力もしないでは得られない。

（二〇〇一年十月）

土笛の形

朝方、目の覚めぎわには、面白い考えが浮かんで来る。意識の下に沈んでいる疑問の解けぐちが、ふうっと浮かんで来るようなことがある。

わたしの年来の疑問は、歌とはいかなるものなんであろうか、ということだ。歌を自ら作っていながら、どうもよくわからない。時々、ものすごく退屈を感じるときがある。居心地が悪くてしょうがないときがある。人の歌にも少しも感心しない。こんなちっぽけな……と、嫌気がさす。

もちろん、すばらしいと感じたことは何度もある。心のうちに潜めておきたい歌に、いくつも出会った。歌を作るとき、言葉を動かすたびに、心の弾むような、しっかりした手応えを味わったことがあった。歌以外の分野では、これほど日本語の性質というものを自覚できないだろうということも腹の底からわかった。

それでも、ふと、歌という乗り物に乗っかりきれない、頼りない感じがしばしば襲ってくるのである。歌の前から、顔を背け、逃げ出したくなる。歌とは、わたしにとって、どういうものなのか。

昨日だったか、一昨日だったか、朝の覚めぎわに浮かんできた考えは、感応力の強いところがわたしの良いところだ、ということだった。少し前に、ある詩集の書評をした。詩を読んでいると、その詩の呼吸にわたしの息があってきて、いつもとは違うスタイルの書評になった。わたしにはそういうところがある。自分がひとり立って大勢に発信するというより、何かに響きあったとき言葉が自在に生まれる。演説型でなく、対話型である。

それでいいのではないか――、少なくともそれが〈わたし〉のありようなのではないか。古今集の序にも、もの皆歌に感応するとき歌心が生まれ、また歌が生まれる、というようなこと、書いてあったっけ。ともかく、自分自身の歌を作らなければならないなどということは、一つのとらわれなのにちがいない。

独自の感覚などといったものはまったくないのである。そこにある花が、樹木が、空が、響いてくるがままに、言葉が生まれさえすればよい。わたしは、土でこねた笛のようなもので、吹いてくる風のままに鳴り出ずればいい。

――そこで、覚めぎわの意識が動いて、さらに連想を呼び起こした。わたしが日々しなければいけないことは、この笛の形を作ることだな。本を読んだり、考えたり、何かをしたり、しなかったり、そんな日々の行いのなかでできあがっていく土笛の形。かすかな息が流れてさえ、鳴り出ずる笛。そういう笛であればいいのだな。

日々、わたしは、わたしのカタチを作る。あとは、神の息が吹きいるのを待つのみ。


（二〇〇二年一月）

ものを創る目

五月の初旬は、子規の晩年のものを多く読んだ。『病牀六尺』は、ご存知のとおり、明治三十五年五月五日から、その死の二日前、九月十七日まで新聞「日本」に連載したエッセイ集である。この時期の子規は、いつ死んでもおかしくないような病状だった。太腿が垢まみれで汚れているからとアルコール綿で拭けば四十度の熱、髪が伸びたからと散髪をすれば四十度の熱、そう伊藤左千夫が書いているが、これがどれほどの衰えようか、病気をした事のあるものには実感できるだろう。

『病牀六尺』の文章も、毎日のように当番で看護に来る虚子や碧梧桐や鼠骨や左千夫、また妹の律などに筆記をさせたのであった。文中にも、現実の悲惨を記した場面がたびたび現れる。それにもかかわらず、わたしたちは読んでいると、活発な精神の動いているのにひきこまれて、いつの間にかこれを書いているのが瀕死の病人であることを忘れている。

ある朝、病床から「あああぁーーー」と絶叫する声が聞こえるので、何事かと母親だか律だかがすっ飛んで行ってみると、新聞に自分の文章が掲載されていないというのであった。空きがなければ、欄外に一行でもいい、何なら広告代を払ってでもいいから掲載してくれ、これだけで自分は生きているのだから、と手紙を口述して、新聞社まで母親に即刻届けてもらったという。

実際、『病牀六尺』は、新聞社側から見れば一日くらい欠けても差しさわりのない不要不急の、病中日記といった趣のものである。現代に読むわたしたちはなおさら、その砕けた文体や卑近な素材、さらには日付のある文章によって、『病牀六尺』は病中のよしなし事を気の向くままにつづった日記であるとつい思い違えやすい。

まったくそうではなかった。少し注意して読むと、どのようにざっくばらんな文章であっても、発表するために綴っているという意識が張り付いていることがわかる。一字一句にまで、神経が通っている。しかもこの百年前の文章の古びていないのに驚く。

発表するために綴る意識とは、自分の書くものを、書きつつ他人の目で眺めているということである。いかに自らの苦痛を訴えていようと、今日の献立を記すのみの記述であろうと、「文」として成り立たせるべく、ものを創るものの目を働かせている。

子規は、この短い文を綴っているとき、瀕死の苦痛を忘れていたはずである。明日死ぬか、あさって死ぬか、あるいは一ヶ月後になるのか。そんな切迫した心身の状態をひとときばかりでも脱しうるのは、ただ書きつづる楽しさ、というより、自分の書くものを他人の目で審美しつつ書き進めていくというところ、そこにわれを忘れさせる緊張と充実があるからである。

毎朝、紙上に自分の書いた文章を他人の目で確認して、嚙み分け、審美し、批判を加える。そういう精神の働きが、また今日一日の営為を励ます。新聞に文章を見出さなかった朝、子規には自分の死の翌日を覗いたように感じられたのではあるまいか。


（二〇〇二年四月）

歌会のマナー

ジャパン・アズ・ナンバーワンなどといって思い上がっていたバブル経済期も、遠く十四、五年も彼方のことになってしまった。

短歌界も、そのころから「何でもアリ」の時代に入って、さまざまな価値観が崩れていった。いわば水気を含んだ角砂糖のようなものである。短歌ばかりか、たとえば歌会のあり方などにまでそれは及ぶ。カルチャーセンターや通信添削産業の繁栄が、従来の結社中心で行われていた歌会の慣習を一気にとりくずしていったのだ。

わたしは、結社の歌会というものを数え切れないくらいの回数経験したが、場合によってくだらないものであった。しばしば心の中で軽蔑したり、反発したりした。しかし、また、はじめて体験した歌会が石田比呂志という、歌が好きで好きでたまらない、情熱をもった歌人の主宰するものであったという幸運もあって、歌会というもののたのしみを一方ではふかく味わった。

一言では言い尽くせないそのたのしみを、わたしも伝えていく責任があるという覚悟で、この教室でも「水気を含んだ角砂糖」にならないようにやってきたつもりだが、何しろ非力の上に、時代も悪い。われながらする妥協に歯ぎしりしながら心の内でこらえているときがある。

一つは、歌会のマナー。これは、基本中の基本で、いくらかでもまともな結社なら、まずたたき込まれることである。たとえば、この場では先生も弟子もない。どの人も一個の文学に奉ずる者であって、それゆえ互いにおためごかしの褒め言葉は吐かない、というようなこと。ここをはずしては、やっている自分自身がやりきれないので、世の流れに逆らいつつ（年若い「ネット歌人」たちが「先生」といわれて何の抵抗もないらしい時代に）、この点については努力してきた。

ほかでもない、歯ぎしりしてこらえているというのは、「言い訳をするな！」という一言。

この教室に限らないのである。いちばん腹が立つのは、歌がけなされたあと、「じつはこれ、二、三日前に作ったもので…」というもの。できてまもない未完成なんだから当然でしょ、時間があって推敲すりゃあ、わたしだってと、その口の裏で言うのである。自分でもだめだと思う歌を人に見せるな。そんな歌を、真剣になって批評したこちらの方がアホらしく思えてくる。一時間前に作った歌でも、良いものは良く、悪いものは悪い。一度、人の前に差し出したら、いくら腐されようとも、言い訳をしてはならない。黙って言葉をのんで、「ありがとうございました」と引き下がるのが、マナーである。

人間、ときに怠けることもあって、付け焼き刃をすることもあるが、そういうときにけっして言い訳をしてはならない。黙っている方が、高級である。

（二〇〇二年七月）

土屋文明の三か条

土屋文明の「歌を作るに適せざる人々」三か条を、かつてこの教室でも紹介したことがある。私のかばんに資料コピーの残りがあったから、そんなに昔のことではないだろう。

このたび、ある初心者向けの講座で紹介しようと読み直したら、半ば通じなくなってしまっていることに驚いた。古びてしまったのである。ついに、この数年の間に――。

一、嫌いな人は詠むべからず。
二、多芸多能の士は詠むべからず。
三、自ら恃む処ある者は詠む可からず。

なかなかうがったこの三か条は、しばしば痛快言として歌人たちの口にものぼせられ、くすくす笑い合ったものであった。自ら恃むような社会的地位も金もなく、何をやっても鈍く不器用きわまるが、歌だけは好きで好きでたまらないという風采の上がらない歌人像は、かのキリストの、金持ちが天国にいくのは針の穴をらくだが通るより難しい、貧しきものこそ幸いなれ、というたとえにも似て、人々の胸にともしびのように宿っていた。

もちろんアララギには、エリートコースを突っ走ってバリバリの大企業の幹部といった歌人が何人もいたが、そんな経歴を歌に持ち込むことはまずなかった。「社会的の地位でも或はまた精神的の能力でも、その他あらゆる点に於て自らたのみ、自ら負う処のある者は大体歌の道に入るには適しない」のであるから、たとえ地位や能力あっても、歌の世界に毛ほどもそれを持ち込まず、見せないのが矜持であり、ダンディなのであった。

しかし、現歌壇を思うとき、このような言葉はすでに共感を得られまい。「自ら恃む処」のあるのが何が悪い、それを歌の上でプラスにできるのならいいことじゃないか、と言われそうだ。「決して歌よみは流行にも伴わなければ、世間的の華々しさもない」――これも、俵万智以降には当てはまらない。短歌はすでに、あわよくば、という期待を抱かせるに足る形式になってしまった。歌壇なんか相手にしなくても、メジャーなメディアで一足飛びにいくらでも活躍でき、有名歌人になりうる。

「良寛の歌に〈やまかげの石間をつたふ苔水のかすかにわれは住み渡るかも〉というのがあるが、歌の道はおよそ斯の如きものである」「短歌の如きものでは作品はどうしても作者の全人格と関連して考えられる」など読むと、なんだかわたしでさえ面映くなって、文明先生の訓示めいてきこえてくる。

こうして、土屋文明の三か条は、今や説くに場違いの感を帯びはじめた。言い換えれば、明治近代以降の短歌の清算が出来る時代にはっきりと入ったということである。アララギには若干の道徳くさい人格主義が臭っていたが、今やそれを拭い去りながら、新たな言葉で、この文明の三か条に含まれているような「価値」を翻訳し直さなければならない時代に入った。

カビや埃を嫌ってあっさり捨て去ってしまう人もあろうが、しかし、わたしはこのカビ臭い文明の三か条に、いつの時代にも変わらぬ真実の潜むのを感じ取る。
（二〇〇二年十月）

心の揺らめき

初めて歌の批評をした頃の、自分の心の状態をよく覚えている。どの歌がいいのか、悪いのか、皆目見当がつかない。自分が好きなのはどの歌か、ということさえ、よくわからない。

歌会で、自分の発言の順番がくるまでに、心の底の方で「あっ、この歌いい」とささやくかすかな声がする。しかし、次の瞬間には「いやいや、どうかな。だいたいこういうのはあまりにも平凡なんじゃないの」と、疑いの声が覆い被さるように強く響く。疑いの目で見れば、一瞬揺らめくように見えた歌も、あっさり色あせ、灰色だ。「やっぱり、ね」と心に決着をつけて、発言するやいなや、「おまえたちにはこういう歌の味わいがわからないんだ」と一喝。

何度か、そういうことがあると、最初のほんのわずかの間に心に揺らめいた感触がいちばん当たっているのだな、ということがわかるようになる。だが、じつは、それを自らの心の底から引きあげることはそんなに容易ではない。なにしろ、一瞬の揺らめきだから、かげろうのようにすぐ消える。理性の大声が出しゃばってくる。よほど心を集中させていなければ揺らめかない。それに、たとえそのはかない揺らめきを一瞬認めたとしても、自分の口に言葉としてのぼらせることの何と難しいことだろう。まるで、素裸のまま外に飛び出すような感じがする。

わたしは若くて、いくらか世の中に反抗的な気分もあったから、その素裸のまま外に飛び出す感じは、むしろ気に入った。たとえまちがってたって、それでもいいじゃないか、自分の心に揺らめいたことを正直にあらわすことが、いちばん「歌」にかなうことだ――そう、思った。

このようにして、わたしの「歌を感ずる心」の赤ん坊の首がまず坐ったのである。以後、さらに遥かな道程をたどって、ある程度までのものには、自らの掌を指すように歌の良し悪しが見えるようになった。この道程も一言ではいえない複雑なものだが、なにより、あの最初の「気づき」はわたしにとって重要だった。

批評ばかりでなく、それは自分自身の歌を作り出すときの基本的な姿勢となった。歌を作ろうと思って歩きながら、あのかすかな揺らめきが心の底に動いたとき、すかさずとらえる。揺らめきがなく、心のなかの大声が作らせた歌は、まったくだめ。概念的とか、理屈とか、歌の上にぺけぺけぺけがついてくる。

ところが、せっかくこのように悟っても、少し歌が評判になって、あちこち文章を書いたりパーティに出たり、身辺が騒がしくなってくると、心の揺らめきはまたもやすっかりかき消されてしまうのである。日常事に煩わされて、走りまわっているときも、そうだ。

しかし、あのかすかな心の揺らめきの混じりけのない感じを知ってしまった者は、ふと我に戻るとき、そのようなおのれの空虚を責めないではいられない。

（二〇〇三年一月）

問を抱く

歌なんぞというものを、なぜ自分はやるのか。自分にとって、歌を作ることはどういう意味があるのか。そういった問を、いつも自らのうちに、問うともなく、問わぬともなく、抱き続けていることが大切であるように思う。

歌をはじめたばかりのころは、ものめずらしくて、無我夢中で、褒められたり貶されたり、一喜一憂するばかりだが、やがて〈慣れ〉がくる。作っても作っても面白くない。いまさら「歌人」になるわけでもあるまいし、これ以上やったって……と思うようになる。何でも〈慣れ〉がくると飽きるというのが人間で、当然のことなのだが、しかし、〈慣れ〉の空虚を乗り越え、やってもやっても果てしのない領域に踏み込みたがるのも、人間であるらしい。その〈慣れ〉の越え方には二通りがある。

一つは、外発的な刺激。掲載のランクが上がるとか、人に褒められるとか、賞にはいるとか、歌集を作るとか、そういった刺激は充分強い動機を引き起こし、自尊心を高め、さらなる駆り立てへと自らを向わせる。わたしは、必ずしもこのような現実を否定しない。

しかし、じつは、そういう外発的な刺激ばかりではとうてい歌など持続していくことはできない。麻薬と同じで、刺激はひとときのもの、もっと強い刺激がほしくなるにもかかわらず、外から与えられる刺激はつねに気まぐれだから、欲求不満を引き起こし、人間が悪くなる。ここに生まれた自尊心は虚栄に転化しやすいから、そうなるとさらに人間が悪くなる。

もう一つの〈慣れ〉の越え方は、自分自身の内部に、汲めども尽きせぬ泉を見いだすこと。それがあまりにもささやかで、誰も認めてくれずとも、次から次に求めたい欲求がおのずから生まれ出てくるようになること。このような尽きることのない欲求を内部に感じるとき、生のよろこび、生の手応えが、外発的刺激による快感などとはくらべものにならない陶酔感としてあらわれる。

そのためには、日ごろから、自分にとって歌を作ることはどんな意味があるのかといった問を抱いていることが必要であるように思われる。始終、問うともなく、問わぬともなく、問い続けていなければならない。

また、自分が作るばかりではいけなくて、自分の読みたいものをつねに欲求する心持が大切であるように思う。何かに出会いたいと欲求する心。身近の人のものも、遠い時間の果てに生きた人のものも、地球の裏側の人のものも、これまでの人類の営みを知ろうとする意欲を持ち続けること。好きな作品を新たに深めて読むのもいいが、なんといっても今まで知らなかったすばらしいものに遭遇したときの喜びは、命が延びるようである。

そして、この地球上には、わたしなど一生かかっても消化できないくらい、そんな未知の創造物があるらしい。ありがたいといっていいか、くやしいといっていいか……。

（二〇〇三年四月）

学生が好きな赤彦の歌

斎藤茂吉の歌は、いまでも多くの歌人がよろこんで読むけれども、北原白秋はそれほど読まないようである。大正期歌壇の第一人者だったといわれる島木赤彦になると、好きだという歌人は、めったにいない。好きも嫌いも、歌集を開いて読む人がいないのである。
今年の四月から、ある大学で近代短歌史の概略を、歌を中心に見てゆくという講義をはじめた。前期は、明治初期から、大正末期まで。この間の歌集から、人口に膾炙した歌を中心に、わたしの眼力で選んだものも加え、あわせて四、五十首ばかりを解釈を加えて丁寧に読んだ。テストは、このなかから「わたしの好きなベスト10」を選び、暗記してきなさい、というものである。
若者たちが退屈してはかわいそうだから、四、五十首のなかには、情熱的な恋愛の歌や、官能的な性愛の歌など、ドキドキするものをかなりあげておいた。こっそり言うが、歌を読ませると、漢字どころか、旧仮名も、よく読めない学生たちである。
さて、テストが終わってみると、島木赤彦の次のような歌が、しばしば「ベスト10」にあげられ、自然の歌が好きだという学生の多いのに驚いた。
夕焼空焦げきはまれる下にして氷らんとする湖の静けさ
嵐のなか起きかへらむとする枝の重くぞ動く青毬の群れ
みづうみの氷に立てる人の声坂のうへまで響きて聞こゆ

書き添えられたコメントによると、たった三十一文字から、ありありと光景——すなわち3D空間——がたちあがってくるところに新鮮な驚きがあるものらしい。たちあがった3D空間の、ほとんど何の意味もないように見える動きや響きや輝きに、快さを感じている。

理由をいろいろ考えてみるのだが、ひとつには、島木赤彦の講義がテストに近い時期で、記憶に新しいとか、出席率がよかったとかいうことも、大いにあるだろう。また、この三首は、人口に膾炙している歌というより、わたしが選んだ歌である。自分の好きな歌だから、自ずと弁をふるって説得力があったということもあるだろう。

そんなこんなを割り引いても、若い人々の感ずるところに意外の感を持ったのであった。

歌壇では、インターネットで流通しているようなおしゃべり短歌がやがて本流となって、歌は滅びるのではないか、などとも懸念されているが、それはどうやらわたしたち大人が作り上げた社会の反映であるようだ。大人顔して、「日本文化」だの「歌」だのの行く末を憂えたり懸念したりしてみせるのは、大間違い。自らの為しているところを顧みるべきだろう。

（二〇〇三年七月）

こころが死んでいる

今年の正月はどういうわけか体調不良で、へこたれた。エネルギーの乏しくなっているのをかきたてつつ、四十枚ほどの文章に取り組んだが、書けない。書きたくない。二月から三月半ばまで、地獄のような日々を過ごした。まだ抜けきっているわけではないが、ともかくめどはつけて、外を見れば、すでにさくらが咲いている。

しろじろと揺れている八分咲きのさくらの木を見上げながら、木ぎれのように固くなってしまった自分のこころを感じていた。さくらを見ていても、青い空を見ても、何も感じない。ものに囚われて日々を過ごしたので、こころが死んでいるのである。

つくづくとそのことを思わせられたのは、沼津から届いた「左岸だより」第二号の玉城徹の長歌を読んだときだった。ここに引用するのは、わたし自身、筆写したいからである。ワープロだけど――。

雲　長歌ならびに反歌一首　　玉城　徹

凝る雲の白のかがやき
　ほがらかに寂しきそらに
かがやきの白を置きたり

見つつわれ思ふともなし
東門　西門　南門　北門
　かの市《まち》や
　その人や

いづくより入り来るも善し
いづくより出で去るも善し
吹きかよふ風のまにまに鳥のごと越えゆくは誰《た》そ
秋風の吹きのまにまに影のごと去りゆくは誰そ

ひとりわれ慨《なげ》くともなく

秋の日を見つつしあれば
凝る雲の白のかがやき
うすうすとくれなゐを帯ぶ

東門
西門
南門
北門

反歌

住み古りて人の世うれし歩み出で端山《はやま》のあかきもみぢに向かふ

（二〇〇四年一月）

微細な営みをまもる

　三国玲子さんが、もうすぐ退院という日に病院の窓から身を投げたのは、一九八〇年代半ば、日本がバブル景気に入ったころのことだった。あの本だらけの部屋の中に帰ることを思うとたまらない、と言ったと仄聞した。それが頭に残っていて、ふと蘇ることがある。

　わたしが歌を始めた一九七〇年代半ばには、歌集は容易に出せるものではなかった。若いころから営々と歌を作り続けて、一生に一冊歌集を出せたら素晴らしいと思える時代であった。総合雑誌は、角川書店「短歌」と短歌研究社「短歌研究」の二冊ばかり、毎月隅から隅まで読んだ。新聞の書評欄には必ず一つや二つは切り抜きたくなるような書評が掲載され、折りに触れて書店に行っては本を渉猟した。

　それが、あのバブル景気のころから、だんだん書評欄が面白くなくなり、書店がコンビニ化し、片手では数え切れない短歌総合雑誌が創刊され、似たようなハウツウ企画を出すようになった。毎日の郵便受けには歌集や歌誌が積み上げられ、あまつさえインターネットというものさえ生まれた。この圧倒的な情報量に、人々は、いまや喉がつかえて嘔吐寸前である。にもかかわらず、一応目配りしておかないと、損したり、取り残されたりするような強迫観念にとらわれもする。

専門的な難しい内容をまじえながら、うんとやさしい言葉でかるく書いた『バカの壁』が売れ、あらすじ本が売れ、ランキングが流行るのは、人々の頭上に垂れこめているこのような強迫観念の雲のせいである。人気バロメーター上位十位くらいまでをおさえておけば世の動向はつかめたと思えるし、本はあらすじを読んでおけばだいたい情報はおさえられたと思える。こうやって、中身のスカスカな〝あらすじ〟のような人間が出来上がっていく。

わたしのようなものでも、床面積がじわじわと本や雑誌に浸食され、もはや整理不能とさえ思われるようになった自分の部屋に戻ると、三国玲子さんの言葉が思い出されることがある。漠とした強迫観念と、もう勘弁してほしいと言いたいような嘔吐寸前の胸のつかえを感じる。

中身をスカスカにすることに躊躇いを感じて、自分を〝あらすじ〟化できない中途半端な旧い者は、このままでは不器用に溺れ死ぬしかあるまい。

生き延びる道は、スカスカに擦り寄っていくことのほかに、ただ一つ。ささやかなもの、かそかなことば、一つの歌、それらを手のなかに握りしめてみたり、匂いを嗅いだり、膚に触れてみたり、そのような微細な営みをする自らをつよくまもっていくところ、そこにしかないだ

ろう。もし、自らを太古からの生命の樹に繋ぎたいというのであれば――。（二〇〇四年四月）

歌は愉快に作るべし

ある日、こんな歌を見た。

下手にても歌は愉快に作るべしひねり苦しむ偽者《えせもの》あはれ　玉城　徹

「偽者」とは、肺腑をつくような厳しさである。わたし自身、ずいぶん「ひねり苦し」みもして来たし、今だってしょっちゅう「ひねり苦し」んでもいるわけだから、そうまで言わずとも、と思った。

だが、その「偽者」の文字に目をとどめているうちに、やはりひねり苦しむのは「偽者」だ、その通りだ、という感慨が湧いてくる。

初心の間はわけがわからないから、むしろ大胆に伸びやかに作ることができ、それがゆえに先達にも称揚され、周囲の者にも一目置かれ、いっそう歌を作ることが愉快である。ところが、やがて、いくらかものがわかってきたと思い始める時期に入ると、とたんに褒められることもなくなり、「ひねり苦し」む時期が訪れる。熱心に上達したいと願う者ほど、その「ひねり苦し」む時期はすぐにやってくる。

「ひねり苦し」んで天晴歌の鍛錬道に粒々辛苦しています、といった類は、この頃ではまったくといっていいくらい見なくなった。昨今では、戯作まがいを作り散らかす者の方が多く、享楽第一の時代を映しているのだろう。

こんなに苦しいのではストレスになりますから歌を止めます、という人もある。歌に限らず、何でもある程度までやって意欲を失うのもありがちなことで、これは今と昔を問わない。本居宣長が「思ひくづをれて、止ることなかれ」と励ますのも、ひとたび志を立てた者にはそのような難所が必ずあることを知っているからである。

おかしなもので、わたしにもいろいろな時期があったが、一度たりとも歌をやめたいと思ったことはない。真っ白な原稿用紙を開くのがおそろしく、机に向かうのがこわくておっくうで、歌に関わる雑誌などひらくのさえいやな時期にも、歌をやめようという考えは浮かんで来なかった。

「下手にても」というのは、だいたいみんなそうなのだから心配する必要はない。問題は「愉快に作る」というところ。子供のころ、道端にすわりこんで、泥饅頭をつくっては並べ並べした夕方、ああ腹一杯遊んだ、というあのときの「愉快」な心持ち、あれがよみがえってくるように歌を作りたい。

（二〇〇四年七月）

子規の歌

斎藤茂吉が大学生の頃、貸本屋で借りた歌集『竹の里歌』の〈木のもとに臥せる佛をうちかこみ象蛇どもの泣き居るところ〉あたりまで来て、たまらず筆写をはじめ、それから子規の弟子であった伊藤左千夫を訪問するにいたった、という話は有名である。

茂吉に出会って歌を作り始めたわたしは、やがて子規を読むことになるが、ずいぶん不思議な感じを受けた。いわゆるアララギ風の歌とは違う。明るくて、遠心的で、むしろ現代に通う風がある。もっとも、つまらないといえば、つまらない感じもする。どこかで茂吉が、子規の前半の歌はむしゃぶりつくほどに好きだったが晩年の歌は初めはわからなかった、と書いていたと記憶するが、茂吉は子規のどんなところにそれほど共鳴したのか。

子規の歌集をひらくたびに、そんな胸に置いてきた謎が底のほうから浮き上がってくる。そのたびになにがしかの発見があったが、このたびも教室でゆっくりと子規歌集を読んだおかげで、またひとつふたつ気付くことがあった。

ガラス戸の外に咲きたる菊の花風に雨にも我が見つるかも

菊の細かい描写はない。簡明に「ガラス戸の外に咲きたる」といい、「菊の花」というのみ。赤か黄色か、大輪か、小菊の群か、そんなことは何ひとつわからない。ただ、「ガラス戸の外に」ということによって、目との位置関係が判明する。

さらに「風に雨にも」、これだってずいぶん決まりきった言い方で、どんな風だか、どんな雨だか、そんなことは少しもわからない。むしろ「雨風をしのぐ」と言うのと同じ慣用的な使用法である。ただし、万鈞の重みのあるのは「…に…にも」である。「風にも雨にも」「風に雨に」――「我が見つるかも」であれば慣用語に堕する。

「も」の一字が、歌に吐息を与える。あの菊の花の日々をわたしは見まもってきた、このガラス戸の内から。今日は薄日があたってやや風に揺れているが、昨日はもっと揺れていた、いや一週間ほど前にはずいぶんな雨に打たれてぬれそぼたれてもいたのだ……。

慣用語法を歌から排し、具体的に描写すること。これは近代短歌の目指してきたことである。だが、ごたごたと描写していては、このような大きな内容を歌は把握できないだろう。慣用語のかっきりとした線を一筆か二筆引くことによって、歌の内容がむしろ捕捉される。

菊の花なら菊の花の描き方があって、その型を真似すれば菊の花らしくなる。それがいわば慣用語法である。そのような歌の摩滅した慣用語法によりかからず、「写生」を勧めたのが、他ならぬ子規であった。思い合わせると、興味がつきない。


（二〇〇四年十月）

どうしても歌いたいこと

「今、自分が、いちばん歌わなければならないものを歌え」というのが、近藤芳美の口癖だった。近藤芳美の薫陶をうけた石田比呂志も同じような姿勢であったし、おそらく近藤芳美も、その先達である土屋文明や斎藤茂吉からしばしばそのように聞かされたのであったろう。

歌をやっていれば、作ることがなくなったような、作る気も失せるといった行き詰まりはしょっちゅうあることだが、そのとき立ち止まって、自分の胸に問いかける。「今、自分が、いちばん歌いたいことは何か。何を歌わなければならないのか」

机辺に取り散らかしてある書物や紙きれ類のなかに、ふと短歌新聞の第一面記事「正統を継

ぐ心　インタビュウ玉城徹氏に聞く」が目にとまった。一度読んだものだが、ふたたび手にとって読み始める。インタビューの最後の質問「一般の作者のために、いい歌とはどんなものか、お教えいただけますか」に対する答にこころが止まった。

「歌らしくコネたような、たかをくくったようなものは良くないですね。やっぱり、ヘタでもこれが歌いたい、歌いたくてしょうがない、ってのがいい歌なんでしょうね」

別に玉城徹でなくとも、誰もが言ってきた言葉だけれども、この〝初心〟を、実際の作歌の場でどれくらいもちこたえられているかということになると、歌が上手になればなるほど、年期を経れば経るほど、はなはだ危うくなる。

人より図抜けた、華やかな、言葉の処理の手際のよさや斡旋をして見せようという意識、これはいわゆる歌人の病ともいうべきもので、このような虚栄を昔は、「見せばや」はいけない。歌はそこから腐る」と言って、よくたしなめられたものである。いまではそんな抑制は弊履のごとく、であるけれど。

しかし、問題は、そのような「人より図抜けたい」というあからさまな虚栄ではなく、むしろ「良い歌を作りたい」欲におのれを引きずり回されて「これが歌いたくてしようがない」という初心を醜く歪ませてしまうことなのだろう。まじめな人ほど、これに陥る。わたしもまじめだから、しばしば陥る。

また、ある日、机辺の紙くずを拾い上げると、白川静の「短歌の原質」という講演記録の切り抜きである。白川静は、わたしの心から尊敬する学者のひとりだが、この講演に、「うた」という言葉は「何かに対して自分の心を訴える」「打ちつけるようにして表現する」というような形のものが原意にあたるのではないか、という。また、「歌」という漢字の形象は、神に祝詞を捧げて、願い事をどうしても聞いてくださいと、木の枝で叩きながら、強くアクセントをつけた調子をつけた歌い方をすることを意味し、「神に訴え申す」というのが原義である、という。

さまざまな歌がある。素材も内容もひろがった。しかし、ときに初心に戻るのがよい。今、どうしても歌いたい、歌わなければならないことは何か。頑固な神を木の枝でしばいても訴えたいことは何か。


（二〇〇五年一月）

福寿草の歌を抱いて――近江屋愛子哀悼

二、三年ほど前、第二歌集出版を近江屋さんが口にし、わたしもすすめた。その後、いっこうに進む様子がなかったが、いよいよ昨年は本腰を入れてまとめはじめ、秋口には「あとがき」を見て欲しいと言ってきた。それでいながら、出版をためらっている。出してしまうと、もう歌を作る気力がなくなるかも知れないというのである。

今年一月、検査入院したと連絡があったが、まもなく、次女の晴子さんよりスキルス性胃癌であり、手の施しようのないことが伝えられた。そして、歌集出版を急ぎたいという。受話器を伝わってくる晴子さんの落ち着いた声を聞きながら、平生、泰然として度胸の据わったところのある近江屋さんである。一大事ではあるが、おそらくはこの衝撃を持ちこたえているのであろうと思いやった。

＊

託された歌稿に目を通し、詳細の打ち合わせのために、一月下旬であったか、よく晴れた日の昼すぎ、吉祥寺の入院先を訪れた。

晴子さんの案内で、個室の半ば開いたドアを入ると、横たわっていた近江屋さんは、声をあげて跳ね起き、わたしの手を取った。その「阿木津さん」という響きは、おかしな喩えだが、急に見えなくなった母親を待って不安で不安でたまらない赤子が、やっと姿を見つけ出したといったような声だった。わたしは不意打ちをくらって、とまどった。

「半信半疑なのよ」

訴えるように、何度もそう言う。何が「半信半疑」なのか。病名か。病状か。不用意にわたしが「癌」という言葉を口にしたそのとき、近江屋さんは告知されてないことを知った。

近江屋さんは、絶詠数首のなかにもある「ショヅケの婆さん」の話をした。朝、洗面所で鏡の中を覗いたとき、そこに「ショヅケの婆さん」（新潟方言で、恐い婆さん）を見た。「いやっ」と言いざまコップの水を鏡に向ってぶちまけた。そんな愚かなことをした、というのである。

「お父さんはえらかったねぇ。最後まで落ち着いていて。わたしはまだまだ駄目だ。こんな気持がなくならないとね」

窓際に立っている晴子さんに言うともなく、そう言った。「お父さん」とは先年亡くなった夫のことだ。

それから、わたしたちは歌稿をひろげた。この期に及んで、なお推敲を求めるのはいかにも酷いことに思われたが、いたしかたがない。互いに言葉を精査し、歌をめぐってやりとりしているうちに、いつのまにか近江屋さんの顔は、教室で見るしっかりとした表情に変わっていった。

近江屋さんは、自分が死の床にあるということを感づいていた。それでも、死神がぬっと顔を出してきたとき、信じられず、感情がたかぶらずにはいられなかったのだ。

＊

歌集の跋文を書いて、持って行ったときのことである。枕元の壁には二月の一枚だけのカレンダーが張ってあった。病状は一週毎に進んで、今では横たわったままである。ベッドの脇で、跋文を読み上げていった。

「……近江屋さんは、若いわたしがカルチャー向きに批評をゆるめないのをいちばんよろこんでくれた人である」

このくだりに来たとき、近江屋さんは

「ほんとうにそうでしたよ」

と力をこめて絞り出すように言い、身を揉むように向こう側へ寝返りをうって咽んだ。

「わたしがいちばんそうでしたよ。歌だけは一生懸命にやってきました」

咽びつつ押し出す声には、確かなひびきが籠っている。

わたしは、死の床で「歌だけはやってきた」と言い得るであろうか。おぼつかない気がする。近江屋さんは言い得た。

迫り来る死の時を眼前にして、たかぶらずにはいられない感情のなか、ただひとすじに歌という綱を、むしろそれまでよりいっそう強く握りしめたのが近江屋さんだった。

すでにものを言うことも困難になったころ、福寿草の花が枕べにあった。この教室創設以来の友人久保井昌子さんからの心づくしである。歌が出来たから書き取ってくれと晴子さんに頼んだが、すでに声はよく聞き取れなかった。西行は「花のもとにて」とうたったが、自分は福寿草を枕べにして、というような内容であったという。

福寿草の歌を抱いて、近江屋愛子さんは瞑目した。

（二〇〇五年四月）

わたしはどのような者であろうとするのか

自分は、どのような者であるのか。また、どのような者であろうとするのか。日々念々に、思うともなく思わぬともなく、このような問をつねに頭の底に置いておくことが、歌をやっていく上には大切なことのように思われる。

歌だけではない。あらゆる芸術行為の根本にあるのは、この問だろう。

人は、他の誰とも交換できない、唯一の存在として、この世にわずかの間、生を受ける。いつの時代の、どこに、どのような環境に生まれ、どのように成長し、老いていくか、すべてはたまたまのことである。神の賭博遊びのままにまに、わたしたちは浮かび、また沈む。

しかも、悲しいことに、浮けば有頂天によろこび、沈めば浮き上がりたいと足掻きもがき、わたしたちは時々の感情の波にのまれて、ようやく生をやり過ごすのに懸命である。

たとえ偶然の結果であろうと、この世に交換のできない唯一の存在として、このようにあるおのれ——そのありようを、感情の波のうえから照らしだし、見下ろすことは、なかなかむずかしい。

さまざまな感情の飛沫をあび、なにがしかの痕跡をのこし、ここに堆積しているおのれというもの。それを、つぶさに見るということ。

神の賭博遊びのまにまに浮沈するおのれとはいえ、しかし、そこに意志というものを赦されているのが、人間だ。このようにあったおのれも、未来の時を意志することはできる。

いま、ここに、このように在るおのれは、どのような意志をもとうとするのか。

もちろん、いかなる意志をもって行為しようと、神のさいころの一振りによってたちまち覆される、はかない人間にすぎない。けれども、意志というものをもつように存在せしめられたのが、人間でもある。わたしはこのようにありたい、と意志し、わずかながらでも行為することをやめるわけにはいかない。

さまざまな意志があり、行為がある。数限りない人々の生によって均されたこの地上に、いくつかの意志の川がながれ、いくつかの行為の轍がのこっている。わたしはどのような者であろうとするのか――。

唯一の、特殊の、僅かばかりの時をしか生きないおのれという存在も、このような問によってようやく、人類に、普遍に、永遠に繋がっていくことができる。

自分は、ここに、どのような者であるのか。そして、どのような者であろうとするのか。未来に時間を多く持つ若者よりむしろ、自らのうえに容易ならぬ時の堆積ある者にこそ、ひしひしとせまってくる問であるだろう。

（二〇〇五年七月）

捨てられなかった切り抜きから

川田正子という童謡歌手がいた。少女時代に吹き込んだ復刻版レコードを長いあいだ聞く気になれなかったという。録音したころにすでに変声期にさしかかっており、絶叫しているみたいで最低の出来だと思っていた。

あるラジオ番組で、復刻版を流すことになりました。内心いやだなと思っていたのですけれども、あらためて聴いてみて、驚いたことがありました。声が出ていないにもかかわらず、本当に精いっぱい、けなげに歌っているのがひしひしと伝わってきたのです。

久しぶりに出会った幼いころの自分は、恐ろしいほど歌に忠実で、ひたむきでした。無心で歌う少女の力が迫ってきて、懐かしさを覚えるというより、なぜか悲しくなるほどでした。

口先で歌っても人は感動してくれないのだと気づきました。子供が技術をひけらかすわけでもなく、ただ一心に歌う時、上手下手を超越するのです。

いつの日付か、東京新聞夕刊の「この道」川田正子第七十回目、何度も引き出しから捨てようと思ったが、捨てられなかった切り抜きである。

山崎浩子という新体操の選手がいた。小学校時代、バドミントンが流行ったことがあった。ある日、サーブに初挑戦、思い切りラケットを振りかぶる。空振り。向こう側の友だちがクスッと笑った。もう一度、しっかりとシャトルを見つめて放り上げ、振りかぶった。かすりもしない。クラスメート全員がどっと笑った。顔から火が出るほど恥ずかしかったが、何度かトライ。けれどラケットにシャトルは触れもしない。みんながお腹を抱えて笑っている姿だけが目に焼き付いた。

普通であれば、二度とバドミントンはしないところだろう。山崎浩子は違っていた。母親にバドミントンセットを買って貰って、裏山で一人、毎日サーブ練習を始めた。そして、何と、一ヶ月かかってサーブを習得。一ヶ月……。

新体操を始めてからも、普通なら一日でできるボールの胸転がしやロープの後ろ二重飛びに、二週間もかかった。

「不器用以外の何ものでもない。でもだからこそ、一度覚えたコツは忘れない。なぜできないのか、どうやったらできるようになるのかを考え抜いて苦労して身につけた技。そう簡単に忘れてなるものかという感じである」「不器用だからと恥じることはない」「ただ人の数倍努力すればいいだけのことである」

どうしても捨てられなかった二枚の切り抜きを、これでようやく屑籠の中へ入れることができる。

（二〇〇五年十月）

最後のノート

昨年末十二月十八日、この教室に長い間通われ、また「キャラバン」の表紙絵を描いてくださっていた新井俊郎氏が亡くなられた。九十歳に十二日間だけ足りなかった。

十二月三十日、出来上がったばかりの「あまだむ」をもって、府中の新井さんのお宅へうかがった。新井さんがいつも降りていた国分寺駅で降り、府中駅へ向かうバスに乗る。すぐに着くかと思ったら、かなり時間がかかった。この距離を毎週通ったのか、この車窓の風景を行きに帰りに見たのかと、新井さんの面影が浮かぶ。

新井さんの門には、見慣れた筆跡の「新井俊郎」という紙の札がさがっていた。小さな庭には雑草が生い立ち、その手を加えないさまが、いかにも新井さんらしい。

懐かしい古いつくりの家の狭い玄関をあがると、右が書斎である。置ききれないほどの花束を両側に、新井さんのお骨は、この書斎に祀られてあった。書斎は、大きな机が二つばかり、それに書棚と、椅子と、あちこちに本が積まれ、絵の具が散らばっているが、しかし、よく見ると決して無秩序ではなかった。きちんと整理をしたファイルも、書棚の硝子戸の内におさまっていた。部屋の隅には、背丈をはるかに越える使い込んだ弓が一張たてかけられていた。

書斎の向かいの部屋の切り炬燵に導かれて、座椅子にすわる。この障子のある部屋でわたしは、とうとう夕食のお寿司のみならず、とっておきの最上等の日本酒まで遠慮しなかった。なにしろ、この日は新井さんの誕生日だったから。

新井さんが最後まで書き、描いていたノートの分厚いコピーの束が、ここにある。

11月8日（火）
(7)（略）正月には帰れるだろう。実は桜の花はあきらめていたが、そうはなりそうもない。

(8) 変な言い方をすれば、また chance を逃した、という気もする。肉体が滅んでゆくときの精神の存在を確かめて見たかった。正岡子規の精神の存在はいかにして招来されたか。

(9) 病気は医者にあずけっぱなしにすればいい。万一ミスがあったらあったでよい。それより「私は何をなすべきか」が重大事である。

(10) 唯病室で短歌を作り画を描いたって無意味である。死ぬことも生きることも同じであることを表現してみたい。いや、そうしようとしなくても自然そうなる生き方をここでして見たい。

歌を作り、絵を描き、メモを書きつけ、そうして、前号「キャラバン」の表紙絵となった東京タワーを描いた後のあたりより、病状が急変したようだ。病気を医者にあずけて〈私は私流の対策〉をすることとさえ、もうできなくなっていた。

子規はいかに処せしや　こちら身動きとれず（11月27日）

このままでは食薬《やく》を断つ外なし（11月30日）

最後の日付は、12月10日である。

（二〇〇六年一月）

精神の自由――新井俊郎を偲ぶ

麻布のぬかるみ道を父親に手をひかれて歩いていると、黒塗りの自動車が泥をはねつけて走り過ぎた。「お前は、自動車に乗って町を走る人になりたいか、それとも、こうして泥をはねつけられる人になりたいか」と、父親が尋ねた。うまく答えられなくて、ある日、母親にそのことを話した。即座に、「えらい人」になどならなくてよい、人に騙されてもよいから、騙すような人にはなるな、と答えたという。

新井さんは、立身出世に汲々とするような者をにくんだ。品格卑しい者を忌むこと、甚だしかった。白眼をもってする口ききは、しばしば傍若無人であった。

だが、やみくもな反逆反抗ではない。聞くべき言葉には耳をひらいた。いま、そこに、学ばなければならないものがあれば、年齢性別地位職業いっさい関係なく、行って膝を折った。若いころの弓の修業が、それを教えたのであるらしい。

新井さんは、精神の自由ということを本能的に欲する人であった。縛ってくるものには色にあらわして抗ういわば暴れん坊だが、弓の師匠との出会いは、耳をひらくということと、秩序と自由との相関ということを悟らしめたらしい。

　ある財団法人を差配する立場になったとき、若い人々に「組織と自由」ということを教えたと、そのエッセイに書く。自由であれ。人間である限り組織はつきものだが、縛られるな。こちらから組織を縛ってゆけ。

　西田幾多郎と小林秀雄、それから夏目漱石の話をよくした。新井さんは最後の最後まで、テープで小林秀雄を聞いた。小林秀雄のどこにそれほど共鳴したのか、わたしにはわからないが、ひとつわかっていることがある。「対座する」と自らも言うが、小林秀雄の一語一語を自らの問題として考えながら読んだのである。自由な精神は、自分のための読み方や学び方を編み出さないではいられない。

　ずいぶん雑駁なところもあった。二年に一度の個展で、倹約のために額のマットを自分で切るのはいいが、それが歪んだり切り損なったりしているのにも平気である。歌文集『続余韻』では、せっかくの歌と絵とエッセイを、隙間もないくらいにびっしりと押し込んで頓着しない。無雑作（新井さんの絵に誰かが言ったこの評を誇りにしていた）とやりっ放しを取り違えているのじゃないかと、わたしは心中批判するのであったが、しかし、けっして乱雑な人ではなかった。そのことが『続余韻』を改めて読むとき、よくわかる。

さらに、こうして歌をふたたび読み直していくと、蛙や蟬や小鳥に向うときのなんという無邪気。「絶対矛盾の自己同一」なんぞお題目を聞かされるのは嫌だという気がしたものだが、それはこんなところにほのかに匂い立っていたのだった。

（あまだむ№83　二〇〇六年五月）

ワープロで書く

本誌の体裁を改めた。タイピング、校正、コピー、製本と、ほとんどの工程をこれまで手作りでやってきたが、製本を除いて特定のメンバーに負担がかかりすぎた。パソコンも普及した現在、ひとりひとりが少しずつ労力を出し合っていけるような体勢に変更していこうということである。表紙絵は、吉田佳子（佳菜）さんの水彩画を、林ひかるさんがアレンジしてくださる。

ワープロ出現以来、筆記用具も変貌しつつある。ワープロの普及は、わたしのような体力の無いものにはありがたかった。何十枚もの長い文章が楽に書き進めることができるようになったのだ。

鉛筆と消しゴムで書いていたころ、「書き直しをしないようにならないと一人前にはなれない」と、ある先達から聞いたことがある。もっともなことである。書き直しばかりしていたんでは、先に仕事がすすまない。それより何より、気が乗ったときには書き直しなどいらないのであって、一気に書けるように自分の状態をもって行かなければまともな文章にはならない、ということの方が大切なのだろう。挿入訂正が簡単にできて、労力の少ないワープロ書きでは、己れに対する批評力が厳しく問われることになる。

歌だけは、ワープロでは作れまいと思っていた。ところが、そうでもない。かえって客観的になれるような気がしないでもない。メモをとり、手帳のなかで作り、ワープロ画面に乗せて、プリントアウトし、推敲し、また画面にのせてプリントアウトし、という繰り返しをする。結果的に、清書はワープロ活字となる。こんなことでいいのかなぁ。

かつては、歌がおおかた出来上がって、原稿用紙に清書するときが楽しみだった。祈りをこめるような思いで、一画一画このうえない丁寧さで清書をした。一字でも間違うと一枚書き直し、一語でも訂正が入ると一枚書き直し。十首ほどの歌でも、何十枚も清書の原稿用紙をつかった。

キャラバンの原稿は、おおよそ手書きの原稿で見る。選歌する立場からすると、手書きの文字を読む方がずっとたのしい。

（二〇〇六年四月）

映画『蟻の兵隊』

七月末に封切られたドキュメンタリー映画『蟻の兵隊』が、九月になってもなお、しずかなロングランを続けている。

わたしは、ネットでこの映画のことを知ったが、ホームページを読んで驚いた。戦後四年間、二六〇〇名もの日本軍が、山西省に残留させられて国民軍と合流し、「皇国復興」のために、共産党軍と激しい戦闘を繰り返した、というのだ。

この映画のカメラが追う主人公である、今年八十二歳になる元残留兵奥村和一さんは、敗戦後の戦闘で後遺症の残る重傷を負った。戦友は傍らで「天皇陛下万歳！」と叫んで死んでゆき、「生きて虜囚の辱めを受けるなかれ」という戦陣訓の身に染んだ負傷兵のほとんどは、手榴弾で自爆して死んでいった。ついに死ねなかった奥村さんは、恥ずかしいという気持を持ち続けながら捕虜生活を終え、敗戦九年目に日本に戻って来るが、そのとき昭和二十一年の時点ですでに現地解除されていたことを知る。

二六〇〇名の残留兵は、自分の意志で残り、勝手に戦ったと、書類の上ではなされていたのである。

「皇国復興」の名目のもとに編成された残留軍は、A級戦犯である軍司令官が、訴追逃れのため山西省国民軍の軍閥と密約をかわしたものであった。自身は女中付き車付きの生活をしながら作戦指導書を書き、いよいよ全滅しそうになった二ヶ月前、民間人に身をやつして帰国した。そして、国会で嘘の答弁をした。この隠れた事実が、元残留軍の調査努力によって明らかにされ、私が命令したという証言者もいるにも関わらず、二〇〇五年九月、最高裁は軍人恩給の支給を求めた上告を却下した。

映画は、国に棄てられた戦争被害者としての兵士たちを追うばかりではない。初年兵教育として、仕上げに中国人を虐殺していた。奥村さんも、やった。

井上俊夫著『はじめて人を殺す』(岩波現代文庫)も、同じような刺突訓練の体験を記すが、少なくとも中国大陸で初年兵教育を受け、戦った兵士は、みなやったはずである。

わたしたちは、こんなことも、知らない。

(二〇〇六年七月)

自分の目はごまかせない

吉祥寺駅の改札を出て、井の頭線の広い階段をのぼりながら、新井俊郎さんの命日が近いのだと思った。一周忌になるが、新井さんが体調を崩したのが、近江屋さんの葬儀のときだった。ほんとうに、このお二人にわたしはどれほど守られたことだろう。

新井さんは、はじめてこの教室に来たとき、わたしの遠慮せぬ批評をたいへんよろこんでくれた。「もう僕くらいの年齢になると、みんな死んでしまって、自分に苦言を呈してくれるような人がいなくなった。だから、この教室の存在がとてもありがたい」、そんなようなことを、あの快活な目を見開いて言ってくれたのだった。

また、新しく入った方々に、「阿木津さんの言うことを疑わずに、まるごと信じてついていかなくちゃだめだよ」とも、しばしば助言するのをそばで聞いたものだ。芸道というものを身に修める心術を知っているのである。

予定では、四年くらいで教室を〝卒業〟するはずだったらしいが、〝大学院〟まですすんで、十年近くは毎週通ったはずである。

新井さんの言うように、十年くらいは、わたしの批評を指針にしてゆかれるのがよいだろう。問題は、そのあとのことだ。

きちんと歌をやっていれば、やがて自分がいちばん自分の歌のことはよくわかるようになる。なんとなく歌を作るのがつまらなくなったり、自分の歌がパターン化してきたことに気づいたり、いかにも気が抜けているなあと感じたりする。今回はやっつけ仕事だがまあまあ歌の形になったし、誰も気がつくまいと、ひそかに思ったりする。腕前があがっているので、初心の人から見るとうまい。はたして、気づかれずにすむ。みんなからさすがにベテラン、うまいうまいと褒め称えられる。まんざらでもなく、歌を作り続ける動機にはじゅうぶんということになる……。

人間、いちどネジをゆるめると際限がないものである。

自分が自分の歌のもっとも厳しい批評者であるのが、本来のありようだ。人の目はごまかせても、自分の目はごまかせない。自分の物足りない歌を毎日ながめて、自分の何が不足なのか、ここをのりこえるにはどうすればいいのか、考えるのだ。

（二〇〇六年十月）

「先生」と呼んでも呼ばなくても

明治初期、樋口一葉が中島歌子の門下に入ったとき、師匠と弟子の関係は現在のお茶やお花と同じで、流儀を師匠から受け継ぐための修練をして、やがて独立、家門を開くには大変な金額がいったらしい。与謝野鉄幹や正岡子規たちの新しい歌の模索は、そういう古い和歌の門流のしきたりに関わりないところで始まった。

鉄幹を、晶子や登美子は「師」と呼んだけれど、鉄幹の方は、師匠から弟子へと受け継ぐ関係を否定し、ひとりひとりの「自我」の詩をひらくことを新詩社清規としてかかげた。

伊藤左千夫は、何歳か年下の子規を「先生」と呼び、ときには子規に痛烈に叱咤されもしたらしいが、それは新しい歌をともに探求する先達と後進としての関係だった。だから、左千夫が斎藤茂吉たちを導くようになってからは、すぐ師匠面したがると誰彼を憎々しげに難じた。左千夫の弟子の赤彦も、釈迢空が信濃に行って、当地の歌人からもてなされた歌を作ったとき、痛烈な皮肉を放った。

「先生」と呼んだ赤彦も茂吉も、左千夫の晩年には「先生」の歌の考え方を肯いがたく、うんと反抗して、「僕はとうとうひとりになってしまったよ」と左千夫を嘆かせた。

その茂吉や土屋文明が歌壇を代表する大歌人となり、昭和二十年敗戦すると、近藤芳美や宮柊二たち青年歌人は、結社の封建性を厳しく批判した。そして「先生」と呼ばない、歌を学ぶ徒として同列の関係にある新しい結社を目指し、昭和二十五年前後に「未来」や「コスモス」が結成されていったのである。

「先生」と呼ばないことが、民主的な関係の象徴であったとも言える。そういう「未来」に繋がる場所で、わたしは歌を始めた。大学で、教授を「○○事務員」なんて陰口を叩いた世代であるから、歌の土俵に入ったらヒヨッコと言えども独り立ちした歌人の気構えで先達に体当たりしろ、という教えはなかなかいいものだと思い、すんなりと身になじんだ。

考えてみれば、明治以後、文学としての短歌をめざすようになって以来、「先生」「師」と呼ぶ呼ばないに関わらず、探求の徒として同じ平面にあるという精神を理想として来たのだ。

（二〇〇七年一月）

新井俊郎語録

前々回の後記には、近江屋愛子さんと新井俊郎さんの一周忌にちなんで、思い出をすこしばかり書いた。それから、一、二ヶ月後、新井夫人より書籍小包到来。開くと、新井俊郎遺稿集『続々余韻』である。

二百頁くらいのささやかなものだが、先の『続余韻』とは違って、編集経験のある方が作ったものらしく、絵はちゃんとアート紙を使い、余白をもってレイアウトしてある。

読み始めたら、たちまち新井さんの大きな体が目の前に出現して、朗らかな笑い声が聞え、お茶の席での面目躍如たる面もちが迫ってきた。新井さんが生きて戻ったかのようで、文字というものは、良いものだと思った。以下、新井俊郎語録の一部。

○同じ場所に飽きるというのは、淡彩を心掛ける者にとっては無用なことに気がついた。同じところを繰り返し描いていると、不思議なことにデッサンも彩色もだんだん淡くなってゆくからである。これを自分も喜ぶし、観る人も喜ぶ。

○（「激しかりしA君にして今日あふに地位得てすこぶる曖昧な顔」の自作歌に対して）激し

かった顔つきが、地位を得てぼやけていた。（略）これが人間なんだな、と思う。反面、口惜しい気にもなる。いずれにしても、苦労して出来た作品だけに、私にとっては、やった！　という爽快感があり、快感がある。

「酔筆」のような雑文でも、形を変えた脳みその搾り出しである。人真似でないから、どこかに一つ二つキラリと光るものがあるはずである。たとえ、酒を飲みながら書いていても、頭の一隅は醒めている。そして書き終わったとき、必ず爽快になり、快感を覚えるのである。これが忘れられない。画のときとはまた異なった清々しさが、身体のなかを通り抜けるからである。

素手でぶつかっていき、工夫しながら前進する快楽を、からだじゅうで知っていた人であった。こういう人は、じつはあまりいない。ご本人もそれを知っていて、大言壮語の悪口はそこから出る。

それから、戦後民主主義が嫌いだった。戦後生まれのわたしたちはそんな話題が出るたびに反撃した。今だって、この本を読みながら、「なんだ、こんなものにイカレちゃって」と言いたい気分がむくむくと湧いてくる。右傾的評論家だの、政治家だのが好きなのだ。そうそう、従軍慰安婦の話をしたときにも、あれは政府間で話がついている問題なんだから、今頃持ち出すのはおかしいとか、金欲しさだとか、言ったものだから、だいぶ反撃したっけ。

池田晶子という哲学者を見つけ出してきて、だいぶ誉めてある。ところが、その引用箇所を見るに、わたしは少しも心を打たれない。概念ばっかり。だいたい「存在」だの「真理」だの、子どもに向かって偉そうに説くその態度が気にくわない。かなり評判にもなった本らしいが、食わず嫌いで触手が動かない。それどころか、激賞してやまない新井さんが、なんとなくうさんくさくも見えてくる。

お茶の時間にこんな話題が出てきたら、またまた反撃の応酬がはじまって、最後は新井さんが大人の風格でひとまず矛をおさめてくれるのだろうな。ただし、そういうときの新井さんは、決して承服していない。

一方、『続々余韻』にはこんな文章もある。

　弓の場合は、会が充実して弓と人とが一体になり、自然に離れが生じたとき、「弓が働いた」という。弓と人とが一体にならず、矢を「離した」り、「的を狙った」りしたときには、弓は働かない。「内容のない射」に終る。

新井さん、歌もその通りですよ。いい歌を作ってやろうと「的を狙った」りしては、ろくな歌ができないもんです。何かに出会って、うたいたいことが胸に生まれても、言葉が口をついて出るまで、「自然に離れが生じ」るまで、じっと耐えて待った方がいい。まだ「一体にな」るまえに言葉を「離した」りすると、へろへろ歌になります。緊張しすぎず、気をぬかず、じっと耐えて待つって、けっこうむずかしいですねぇ。

生きて戻った新井さんに、そんなおしゃべりをすると、例の、口を横に引き締めて目を大きく見ひらき、欣然とした表情で大きく何度も頷く——。あの表情が出ると、頭を撫でられるようなこそばゆい思いがしてうれしく、なんともいえぬ愉快を感じたものだった。

（二〇〇七年四月）

人類の蓄積に分け入る

小さな新聞記事切り抜きから。

「アスリートたちは言う。『天才とは、つまらない練習を何日も何年も繰り返す才能がある、ごく一部の人のこと』」

わたしが補足すれば、天才とは、他人から見てどこが面白いのだかわからないような同じことの繰り返し練習に、無限の意味を見出せる才能のある人のこと。

いくら「天才」だって、つまらないと思ったらできないだろう。つまらないとは思ってないから、できる。他人から見ればさほど変らない動作のなかに、つぎつぎに越えるべき課題を見出していくことができるから、少しもつまらなくならない。

神様は不平等主義なので、能力の多少は必ずある。ところが、人の世は複雑なので、たとえば言語能力というこの一つだけをとっても、さまざまな要因によって千変万化の現れをとる。言語能力だけで短歌は作れないので、その現れの複雑さは想像を絶する。

そんなに互いに異なるのだから、自分と人とを比較して競争してみたり落ち込んだりしてみてもしようがない。

人は人、自分は自分、というのでもなくて、人があるから自分というものが見えてくるのだし、自分ひとりでは思いつかなかったことを刺激してもらえる。

人間らしくなる、とは、人が人となって蓄積してきたもののうち、もっとも善きものに参入できるということを意味するのではないか。昨今、ことに若い人々の間では、この善きものに参入したいという欲求が衰えたかのようにも感じられる。善きものがあるとさえ、知らないかのようだ。

最も善きものはヒマラヤ山脈のように遠く高くうつくしく聳え立っている。そこに分け入る道を発見し、道をたどるにつれて人間らしくなっていく。

野球やサッカーでも人間らしくなれるだろうが、最も善きものに誰でもただちに参入できる安易道はやはり文学・芸術だと、わたしは思う。作り続けたとてどうということのない短歌だが、これをよすがに人類の蓄積に分け入る道を発見するよろこびを得ることができる。


（二〇〇七年七月）

退歩があるなら進歩もある

あるとき誰かが坂本繁二郎に、「人間は進歩するものでしょうか」と質問した。繁二郎は、答えた。「退歩があるなら進歩もあるでしょう」。

なるほどと膝をうつ。後ろに下がるということは、前にも進めるということなのだ。固定していれば、進歩もない。

人間、さまざまに堕落するものだが、えてして堕落したと気づかないことが多い。堕落や退歩に気づかないのなら、主観的には固定しているのである。彼には、それゆえ、進歩もない。自分は退歩した、後ろにずり下がった、堕落した、と、そのずり下がった距離を愕然として眺めるとき、前にも進める道理だ。

この「愕然として」を味わうときのつらさといったら……。目の前がまっくらになる。文字通り、奈落の底に落ちる思いで、そんなときには「だから進歩がある」なんて慰めはこれぽちも思い浮かばない。

二冊目の歌集『天の鴉片』をまとめようと、歌を集めて見たときのあの目の眩むような思いは忘れない。退歩というより、何と自分は駄目なんだと、うち砕かれる思い。

もちろん、最初の歌集のときも、そうだったに違いない。歌集をまとめようとするたびごとに、うち砕かれる。

しばらく悶々ののち、うち砕かれてばかりもいられないので、ようやく、今のおのれの最善を尽そうと思い直すのである。

歌を毎月見てもらっていた頃も、眼前が眩む思いをすることがときにあった。路を歩いていても、ひとごこちがつかず、一足ずつ地面にめりこむような思いがする。

それでも、やはり〈退歩は進歩〉であるのか、そういうことのあったあとの歌は、いっきょに全部○がついたりしたものだ。ときに眩むような思いをした方が、精神集中ができて、いいくらいのものだと思わないでもない。

堕落そのものより、堕落に気づくことは、ほんとにこわくてつらい。退歩するより、退歩したことに気づくのはつらい。

（二〇〇七年十月）

書くか、まったく何もしないか

レイモンド・チャンドラー『ロング・グッドバイ』の村上春樹の翻訳が話題になっていたので、図書館に予約しておいた。小説はそうでなくても読めなくなっているのに、厚さが五センチもある。ページをめくってはもてあましていたが、解説が目に止まった。

チャンドラーは一八八八年生まれだというから、明治なら二十一年になる。北原白秋や土屋文明あたりと同じ世代だ。和風に言えば、明治生れの探偵小説作家ということになる。

アメリカのその時代、サブカルチャーはやはり一段低く見られて量産を強いられたようだが、チャンドラーは文章を磨き上げないではいられない作家だった。手紙だろうが覚書きだろうが、文章を書くからにはうまく書かないわけにはいかない。それが彼のモラルだったと、村上春樹はいう。しかし、何年かに一冊の長編小説では生活ができない。単行本の売れ行きはかんばしくなかった。映画の脚本家をして高給をとったというが、小説の方は「ミステリ作家というサブ・ジャンルに押し込められ、芸術家として文章家として正当な評価を受けていないと感じていた」。

そのチャンドラーが、次のように書いているという。

「作家を職業とするものにとって重要なのは、少なくとも一日に四時間くらいは、書くことのほかには何もしないという時間を設定することです。べつに書かなくてもいいのです。もし書く気が起きなかったら、むりに書こうとする必要はありません。窓から外をぼんやり眺めても、逆立ちをしても、床をごろごろのたうちまわってもかまいません。ただ、何かを読むとか、手紙を書くとか、雑誌を開くとか、小切手にサインをするといったような意図的なことをしてはなりません。書くか、まったく何もしないかのどちらかです。

「(a) むりに書く必要はない。(b) ほかのことをしてはいけない。あとのことは勝手になんとでもなっていきます」。生命を有する文章を書くための極意である。

(二〇〇八年一月)

『うひ山ふみ』

ああ生きていてよかったと思うような書物に、まれに出会うことがある。たいがいそれは、歴史上に名の通った、誰でも知っている書物、あるいは人物の書であって、おのれの無知と怠慢を恥じるわけだが、世の中にはこんな「宝の山」がまだいくつもあるかと思うと、生きていくのがたのしみにもなる。

本居宣長の『うひ山ふみ』は、そんな書物の一冊だった。学問入門のための手引きで、ごく短いものだが、ぜひ読んでごらんなさい。何の入門にも通じるこころがまえが書いてある。優れた入門書は、いつ読み直しても滋養になる。

＊

「世に物まなびのすぢ、しなじな有りて、一やうならず」。いろんな学問があります。いろんな学び方があるし、教える先生のやり方もいろいろです。入門初心者が、学ぶにあたって何をどうしたらいいか、指針を求めたいと思うのは当然のことですが、さて、これを是非、とお勧めはなかなかしにくい。「大抵みづから思ひよれる方にまかすべき也」。学問にこころざすほどの人は、どんなに初心といっても、子どもじゃないんだから、思うこともあろうし、好きずきもあろうし、生来の質も、得意不得意もあろう。好きでもなく得意でもないことをあえて努力したって、身にはつきません。まあ、もちろん何だって定石みたいなものがありますから、そこらあたりを教えることは簡単なんですが、さてさて、その通りにして果していいものでしょうか。もしかしたら、案外に悪いということもあるかもしれない。本当にはわからないものなのだから、結局のところ、その人のこころまかせ、ということでいいんです。「詮ずるところ学問は、ただ年月長く倦ずおこたらずして、はげみつとむるぞ肝要にて、学びやうは、いかやうにてもよかるべく」、要するに学び方はどうでもいいので、それより「いかほど学びかたよくても怠りてつとめざれば、功はなし」。

＊

あらら、これからが良いのだが、本居宣長先生のご講話に耳を傾けているうちに、余白が無くなってしまった。あとは各自確認してください。

（二〇〇八年四月）

倦まず怠らず

古人の糟粕を舐むることなかれ、という言葉がある。「先進の模倣と剽窃のみに執」するのでなく、「先進の態度を学び、その実行行為を学び、何故に先進がかうせねばならなかつたかといふ、その必然的要約を能く理解して、自分の必然的な観察なり表現なりを工夫する心掛が出来るやうになれば、おのづと自分の腹でぐんぐんのして行く」ことができるようになる。

ただ、これも「定跡」を学び、「定跡」に立った上でのことなんだよ——。斎藤茂吉『作歌実語抄』を読んでいたら、「定跡」という語に逢着した。「定跡」をわきまえたうえで、あとは先進の〈指さす彼方〉をごらんなさい、という。歌の要諦だ。

ところが、例の本居宣長は、この「定跡」でさえ、どうでしょうかねぇ、と、相対化したのだった。

「定跡」通りにして果していいものかどうか。じつは、本当にはわからないもので、要するにただ年月長く、倦まず怠らず、おやりなさい。才能のあるのと無いのとでは、そりゃあ出来が違いますが、才不才は生まれつきだから、どうしようもないでしょう。

でも、大抵は、不才の人も、怠らず励みさえすれば、それだけの成績はあがるものですよ。また、晩学の人も、努力してはげめば、思いのほか、功をなすこともあります。それから、時間の余裕のない人でも、意外に、暇のある人より良い結果を生んだりするものなのです。「されば才のともしきや、学ぶ事の晩きや、暇のなきやによりて、思ひくづをれて、止ることなかれ」。だから、才能が乏しいとか、学び始めるのが遅すぎたとか、暇がないとか言って、思いくずおれて止めないように。とにかく、努力しさえすれば、出来るものだと心得ておきなさい。「すべて思ひくづをるるは、学問に大にきらふ事ぞかし」。ともかく思いくずおれることが、いちばんいけない。

途中であきらめるな。あきらめることが、いちばんいけない。宣長の言葉、じつに勇気づけられるではありませんか。

（二〇〇八年七月）

ともに学ぶ

『論語』には、「子の曰く、教えありて類なし（子曰、有教無類）」という言葉があるそうである。

この「教え」を、現代の学者は「教育」と訳す。そう、子安宣邦は指摘する。「先生がいわれた、『教育』による違いはあるが、［生まれつきの］類別はない。［だれでも教育によって立派になる］」（金谷治『論語』岩波文庫）、「あるのは教育であって、人間の種類というものではない。つまり人間はすべて平等であり、平等に文化への可能性をもっている。だれでも教育を受ければえらくなれる。孔子に、人間平等の考えのあったことを示す条として貴重される」（吉川幸次郎『論語』中国古典選4、朝日文庫）というように。

しかし、現代語の「教育」とは、Educationの翻訳語であり、「教化・教導し、人格・人材を育成」することを意味する近代日本に成立した概念である。金谷・吉川の訳にあるような、教育の平等という理念は、明治の国民国家形成期に「国民教育」として成立したものである。孔子自身は、「学ぶ」ことを熱心に語っても、「教える」ことを語らない。

江戸時代、徳川社会では、町人たちが学者と組んで創建し、経営した学問所がいくつもあった。「なかったのは上からの『教育』という名をもった制度的な国民形成の施策であった。江戸の学校とは自発的に『学ぶ』ものの場であっても、上からの『教育』施設ではなかったのである」。伊藤仁斎は、塾開設と同時に、「同志会」という学び合うものの組織をつくった。「学ぼうとするもの」はだれでも、公家から農民にいたるまでそこに席をもつことができた。「仁斎もまた聖人の道を志す一人の学問の同志であった。彼は学における先進であっても、教師ではない。」

——昨日、たまたまネットであれこれ見ていたら、「子安宣邦の仕事部屋」でこのような文章に出会った。これだ、と膝を打つ。「先生」と呼ばない歌会の場を、かつて若いわたしが「いいなあ」と思ったものの淵源は。

「教える—教えられる」関係ではなく、ともに学びをすすめる者の集まりであるという意識を、つねに自分自身のうちに覚醒させておかなければならない。

（二〇〇八年十月）

まず、絵筆をとる

「一年の計は元旦にあり」とはよく聞く言葉だが、もともとは「一年の計は春に在り」なのだそうだ。中国は梁の時代の『元帝纂要』が出典らしい。「春」とは、めぐりめぐる四季の一つとしての春というより、ものの起点としての新春、正月の意味だろう。

じつは先日、某新聞コラムでこのことを知った。木々芽吹き、大地も空も息吹を濃くする「春」は、たしかにものごとを始めるのによい季節だと納得される。

「元旦」すなわち元日の朝というものも、とくべつな気分があって「一年の計」を立てるにふさわしいが、人の決意は頼りないもので三日目あたりにはぐずぐずとなりはじめる。

しかし、「春に在り」には、人の頼りなさを、木々の芽吹きが、花の膨らむつぼみが、やわらかい風が、湿る大地が、空のいろが、すべてが励まし、ささえてくれるような気がする。「春」に始めたものごとは、たしかに成就しやすそうに思われる。

そうはいっても高年齢になってからものごとを始めるのはおっくうだし、いまさら無様をさらすのも嫌だし、そういう気後れもあろうがと、コラム子はさらにいう。「思い出すのはレンブラントの言葉である。かのオランダの画家は『絵はどう描けばよいか』と問われて言ったそうだ。『まず、絵筆をとりなさい』」。何かを始めるにあたっていちばん難しいのは、始めるということ、だという。

なるほど。ほんとうにそうだ。

これも先日、ある高校生用受験案内書のようなもののコラムで読んだのだが、脳味噌を大工場のようなものだとすると、これに電源を入れて動かし始めるのにはずいぶんなエネルギーがいる。だが、いざ動き始めさえすれば、あとは楽にすすむし、おのずから興味も湧いてくる。だから、やる気が起きなくても五分間だけ我慢してやるというのが秘訣だそうだ。

もし、大工場の電源をいったん落としてしまうと、ふたたび動かし始めるのには、たいへんなエネルギーが必要になる。いま動いている大工場は、もし廃業するのでなければ、種火だけは決して消さないようにしておきたいものですね。

（二〇〇九年一月）

*

久保井昌子歌集『彩雲』跋

朝日カルチャーセンター立川の短歌入門講座に講師として通い始めてから、もう今年で満十年になる。最低五人集まらないと発足しないということだったが、それではせっかくの生活の資をふいにするので、知り合いに力添えをたのみ、さくらを一人二人まじえてようやく十人に満たない人数で始まった教室である。久保井昌子さんは、その中の一人であった。

久保井さんは、若い頃にアララギか、その周辺で歌を学んだことがあるらしく、いかにもそれらしいきちんとした骨格を持つ歌をはじめから作った。小学校教師を定年まで勤めたということだったが、美しい、折り目正しい字を書き、いずまいはひかえめながら、歌に向かう態度はじつに粘り強かった。

四人目の子を堕したる嫂は黒き柱に凭れいたりき

堕胎せる肉塊とともに葬らるる『土』の農婦をかなしみにけり

このような歌が出てきたのは半年もしないころだったと思う。長塚節の『土』に描かれているような、大きな薄暗い農家の厨の黒い柱に寄りかかっている嫂のすがたには、幾代も土地に根づいてきた生活と、そこに埋め込まれた女のあえぎとが息づいていて、わたしは久保井さんの核の一つにこつんと当たった気がした。

しかし、久保井さんは、その幾代も土地に根づいてきた生活を、因習という名をもって一概に否定しさるということはしない。そこに生ずる軋轢やあえぎを見つめつつ、一方で土地に結びついた人々が、長い間に生み出してきた生活様式を、愛惜する。というより、久保井さん自らのうちに、そのような生活様式が深く根づいている。

明治以降、さらに戦後はいっそう、わたしたちは駆り立てられるように土地や風土から根を絶ってきたのであるが、そして今やそのうつろに耐え切れなくなりつつあるのであるが、そのような中で、久保井さんの歌は何事かを教えてくれる。

十三歳のわがあくがれは子を残し軍に従きゆくナイチンゲール

母無き兄弟を満蒙開拓青少年義勇軍としてわれら送りき

われら怯みたるゆえ家永三郎教授かく声細るまで老いしめつ

このような歌も、久保井さんの核の一つである。少女から大人に移る時期に、戦争を体験したことは、久保井さんの抜きがたい刺であるようだ。それはしばしば疼き出し、こころを揺すってやまない。

老人の裁かるる苦しみありにけむ孫抱きしのちを縊られしとぞ

前の世も敗れし者は裁かれき末もさあらむその末の末も

ロダン作「カレーの市民」の群像に似て非なるもの殉国の墓碑

このような歌を含む「榛の木に」一連が提出されてきたとき、わたしは最初に読む特権を得ている喜びを感じないではいられなかった。久保井さんはときに、そういう喜びをわたしに与えてくれる。

もう一つ、久保井さんの歌に忘れてならないのは、ロマンチシズムというか、自然の中に何もかも解き放って歓喜を味わうことのできる性質である。

高原の枯草の上に伏すしばし地虫のごとくわれは温とし

椰を打てば椰を離るる椰の音ついにかえらず魚身の洞に

天空に彩雲あれば手を挙げてわが老軀いっぱいに伸びあがる

土地に根づいた生活様式はあるときには自らのこころの生命さえ埋没させ、戦争にかかわる憤りの強さは一面的な正義をふりかざすことにもなり、自然に感応するロマンチシズムはひとりよがりな感激に変じやすい。しかし、久保井さんは、それらをよく制御し、年年に自らの内部を練り鍛えて、ここに豊かな歌の世界をひらいて見せてくれている。

この集を開いて下さる方は、折り目正しく坐っているかのような歌のたたずまいの背後に少女のような憧れを見いだし、可憐かと思うと厳しい現実へのなまなかでない洞察を見いだすことだろう。そして、なかんずく、どの歌の背後にも真率の気の通っているのを見ていただきたいと願うのである。

一九九八年十一月十八日

獅子座流星群の見えるという明け方に

近江あい歌集『月光』跋

この歌集『月光《つきかげ》』の初校ゲラを何度か読んだのち、本棚の上に埃をかぶっていた「旅隊《キャラバン》」数十冊をおろして、ひさしぶりに第一号から近江屋愛子さんの歌を拾い読みした。そしていま、早春の午後のひかりを受けている窓の外にぼうぜんと眼を放つ。

成長というのではなく、成熟という語もあたらない。一本の木が、年月につれて枝を張り、葉群を繁らせ、その抱く翳りを大きくゆたかにしてきた——こんなふうな形容がいちばん適切であるように思う。まことにおろそかならぬ年月であった。

＊

一九八七年十月、朝日カルチャーセンター立川に短歌入門講座が開設され、その講師として通うようになったわたしは、三十七歳だった。二人のサクラも交え、なんとか受講生が十人集まったが、その十人のひとりが近江屋愛子さんで、六十代半ばだっただろうか。最初の三ヶ月が過ぎようとするとき、わたしの手書きによるコピーと若い美大出の受講生による手作りで作品集をつくり、「旅隊《キャラバン》」と名づけた。

この「旅隊《キャラバン》」第一号に、近江屋さんは「本居宣長の『不才なる人といへども又晩学の人も怠らずはげめばそれだけの功は有るもの也』との教へを心頼みに、歌を続けていくつもりである」と書いている。

若いころ歌に触れたことがあり、またいつ頃かは知らないが「形成」に入会、なんとなく歌に関わっていたようだが、おそらくこの六十代半ばで「晩学の人」たるべき覚悟を定めたのだろう。以後、現在にいたるまで、三カ月ごとの「旅隊《キャラバン》」に精選した十首を欠かしたことは、一度もない。毎週水曜日の教室も、欠席ということはまずなかった。娘や夫の大病のときも、孫の死のときも、長い年月にわたる夫の介護のときも、欠席しなかった。

これは、意志がなければできないことである。どんな用事が重なろうと、親の生き死にであろうと、自分は「歌」を最優先事項にするといった覚悟あってはじめて成し得ることである。

襖戸をひつたり閉ざし籠るなりこの方丈のわれのひもろぎ
一九九四年の「旅隊《キャラバン》」第二十七号に、こんな歌がある。「ひもろぎ」とは、上古、神祭のとき、清浄の地を選んで周囲に常磐木を植えて神座としたものをいう。毎週会う近江屋さんは、おしゃれで、どっしりと頼りがいがあって、ちょっぴりおちゃめで、裁縫と料理が上手で、人づきあいはさばけていて、少しも悲壮めいたところは感じさせない。だから、うっかりするのだが、じつはこのように神座にぬかづくかのごとく、姿勢を正して、夜ごと自らの机にすわり、歌に向き合っていた。

夜を更かすわれに短く声かくる灯《あかり》の洩るる襖戸越しに

このたびの歌集に収められている一首である。いよいよ体の自由のきかなくなった夫を介護し、疲れ果てているであろうに、やはり夜更けには「われのひもろぎ」に籠る。こちらの明かりが襖の隙間から洩れて、ふと目の覚めた夫が「もう寝ないか」と声をかける。この老いた夫婦の襖越しのこころのやりとりをおもうとき、涙の滲むような思いがする。

このようにして六十代半ばで歌に覚悟を新たにしたとはいえ、容易な道程ではなかったはずである。秋田生まれの、じつにねばり強い性格の持ち主ではあるが、わたしも若かったし、批評の言葉が刺さることもしばしばであっただろう。ごく初期のことだが、一枚の絵葉書が届いたことがあった。とりたてて言うほどのことは何も書いてない。それでも、わたしはそこに控えめな恕しの吐息を感じた。ああ、辞めるのかな、と危ぶんだのは、その一度だけである。以後、近江屋さんにそういうことは絶えてなかった。

われこそは魔にもあらんに魔除けといふ木彫りの鬼を戸口に吊す

一九九三年、「旅隊《キャラバン》」第二十三号掲載の歌だが、これも忘れられない。教室での歌評会に出たときの原作は、自分が魔かもしれないのに、というようなものであった。「かもしれず」ではない、断定しなければ歌にならない、というわたしの歌評が納得しがたくて押し問答する近江屋さんについに、「かもしれない、と言うのは、少しは良いところもあると自分で思ってるからだろう。あなたが魔なんだ」とおっかぶせるように言った。「かもしれない」とする自らの通俗を指摘され、それを認めるのにどれほどの苦渋があるか、耐えきれないかも知れないとわかっていながら、そう言った。それでも負けずに食い下がってくる近江屋さんには、すでに危うげなところは微塵もなかった。

近江屋さんは、若いわたしがカルチャー向きに批評をゆるめないのをいちばんよろこんでくれた人である。「旅隊《キャラバン》」に繋がる人々はみなそうだといってもいいが、世の中全体が甘俗にながれていくにつれて、やはり影響を受けないではいない。しかし、近江屋さんには、歌を学ぶ態度、あるいは文学に向き合うときの心構えといったようなものが、背骨にあたるように感じられることがあった。おそらく、若いころ「形成」に入って、木俣修の謦咳に接したことがあるからだろうと、わたしはひそかに推測する。

また、近江屋さんは、「旅隊《キャラバン》」第一号から、「近江あい」という筆名で発表をしている。これは『形成』会員でもあるという気兼ねがさせたのかもしれないが、それよりむしろ妻として母として生きてきたこれまでの自分とは別の、独り立ちした文学的人格をつくりあげたいという願いがうごいていたのではなかったか。

ずっとのちになって、プロレタリア文学運動のさきがけとなった雑誌『種蒔く人』の発行同人である小牧近江のエッセイ集を見せてくれたことがあった。無知なことに、わたしは小牧近江についてそれまで何も知らなかったのである。近江屋さんの夫は、この小牧近江の甥にあたり、鎌倉稲村ヶ崎にいちどたずねたことがあるそうだ。読ませてくれた小牧近江の筆は、闊達で風格があり、おそらく夫の後ろに従って実際に接した若い近江屋さんにはその気風に感ずるところがあったのに違いない。

自慢などということを毛の先ほどもしない近江屋さんが、遠慮しいしい見せてくれた小牧近江のエッセイ集を見て、「近江あい」の「近江」に思い当たるような気がしたのであった。

＊

近江屋さんは、解散にいたる日まで「形成」の会員であった。さらに吉野昌夫氏とは家が近いということもあった。わたしはそれを最初の歌集『五重相伝』出版のときまで知らずにいたが、そういう少しばかりのややこしい関係を、律儀な近江屋さんはきちんと筋目をとおし、『形成』解散ののちはどこの結社にも属さず、カルチャーセンターの「旅隊《キャラバン》」の仲間だけを自分の歌の研鑽の場としてきた。

『五重相伝』出版後は、年に一度くらいは総合雑誌から歌の注文も来ていたのだから、もっと表に出て活躍したい思いが生じても不思議ではないが、そんなことはいっさいなかった。歌集を読めばわかることだが、『五重相伝』以後いよいよ歌が深まっていくにもかかわらず、自らの歌をひとまえに押し出そうというようなことはさらに無くなり、このたびの歌集出版もためらったほどである。

だからといって、先にも言ったように、「素人」や「趣味」の域にけっして甘んじようとはしなかった。近江屋愛子の名を歌壇のだれも知らないかも知れない。しかし、近江屋さんには「歌人」の気構えがあると、この十八年間をともに歩いてきたわたしはときにひそかに思った。今、大病に臥せっているが、やはり最後まで「歌人」であるというにふさわしいと思う。

歌集『月光《つきかげ》』は、このような近江屋愛子から生まれた歌集である。

しらたまのをとめの項《うなじ》にほふなり髪に稲穂のかんざしゆれて

生きるのが楽しさうなり春の宵さざめき合へる蕾の桜

渋柿はビニール袋に詰められて面潤《おもほと》びつつ焼酎に酔ふ
たはやすく死にたしと言ふ病む夫をわが叱りつつ涙溜まるも
過去帳に松月院と記さるを突き離されし思ひに見つむ
電線に雀あまたの列《つら》なると振り向きて呼ぶ　すでに亡き夫
夜の戸をわれ開け放ち沈丁花《ぢんちやう》の香を聴きてをりまなこつむりて
やうやくに心開くか三歳《とせ》経てれんげ躑躅は朱をかかげたり
二人して歩みし野川は浅みどり生きよ生きよと柳はゆるる
はろかなるものに思ひし月光《つきかげ》の病みて眺むる今宵したしも

二〇〇五年二月十四日

市野ヒロ子歌集『川霧』跋

市野ヒロ子さんの歌をはじめて見たとき、すでにはっきりとした特徴があった。ひねり潰されてゆく小生命をあたかも自分の痛みであるかのように感じないではいられないという、共苦の力のつよさがあった。さらに、そのような生命の不条理を見通し、見据えるまなざしがあった。

螢呑む蛙の喉の点りたりまたともりたりテレビの闇に
死ぬるまで働く蟻とつくられてペチュニアうたふ下を過ぎ行く
田の面《おも》に軽鴨のどかに餌《ゑ》を食むとわれ見て居るに声は諍ふ

これらは比較的初期に作られたものであったように思うが、蛙の喉をくだってゆく螢は最後の明滅をふりしぼり、たのしげに咲きひらくペチュニアの下を死ぬまで働く蟻がよろよろと過ぎゆき、のどかな田園風景はよく見れば生存闘争の修羅場である。

職を求め雪降る故郷出でて来て雪混じる泥に呑まれけるとぞ
出稼ぎあり離農者あり日本といふ国は富めれど
児童画をあまた連ねて掲げたり基地のフェンスにしらじらしくも
パイナップル包む新聞紙広ぐれば基地の島なる苦しみは満つ
星条旗ひるがへりをり〈皇民化〉推し進められし辺境の地に

また、社会的権力の作用する場にも敏感であった。このような反権力の立場からする社会批評の目をもっていた。市野さんはまさしく、七〇年安保闘争世代のひとりである。あの時代の刻印をやはり強く受けている。

わたしはといえば、友人たちの〈熱病〉的興奮がいまわしく思われた方で、皮肉な視線を送りながらしりぞいて見ていたひとりだったが、それでも同時代者としての刻印に気づくことがある。市野さんの場合は、大学で入った寮が民青系、卒業後奉職した学校で組合活動をし、わたしなどよりいっそう深い浸透と関わりがあったことだろう。

もちろん、環境のせいばかりではあるまい。そもそも、このような社会に対する関心を最初に目覚めさせたのは、父親であったのではないかと思われる。

論説委員某の話をきく会にともなひにけり少女のわれを

惚けたる父の脳《なづき》に「アカ」としもわれを憂へし記憶ののこる
骨壺に余れる骨よ百年を生き耐へて来し気概のごとく

幼児期を過ごした炭鉱の町と父親の思い出をうたい、父親の死の前後をうたった「軍服の写真」「点るがごとし」は胸をうつ一連だが、また一家の暮す炭鉱町のありようも、社会的な関心を促したにちがいない。父親は「気概」という語が当てはまるような明治生れの元職業軍人であった。論説委員の講演会に少女ヒロ子をともなうような父親であった。その父を誇りとも、反抗の対象ともして、戦後民主主義のもとにそだち、七〇年安保闘争時に青春を迎えたのである。

立川朝日カルチャー教室に、市野さんがやってきたのは、持病の喘息がやや小康状態をたもった日々のことであっただろう。市野さんにとって病は、大きな意味をもった。前に述べてきたようなことは、ある意味で戦後生まれ世代の典型にちかい軌跡をたどっているといっていいが、病はそうではない。病というまことに個人的な体験によって、おそらくはもちまえの批評的なまなざしに複雑な陰翳がそなわった。市野さんの歌には、一面的な社会正義からする批判というような気味合いがない。

経済的自立なくて自立あり得ぬと言ひ切りたりし記憶の苦く

喘息がこうじたのは出産後からだったというが、以後、教師として働くことを諦めなければならなかった。そうなってはじめて、徹底的な弱者の立場というものに思いをおよぼすことができたのである。「経済的自立なくて自立あり得ぬ」というのは強者の論理ではなかったかと、苦い思いが湧く。「経済的自立」しようにも、し得ない者がこの社会には存在していて、しかも彼らも等しく生存の権利をもっている。このようないくつもの気づきが、おそらく長い患いの過程に積まれていったのにちがいない。

そもそも病がなければ、短歌など作ろうとも思わなかっただろう。そして、短歌に出会わなければ、ついに知らなかったかも知れないことが一つある。

ひとところ雲綻ぶと見るときに白鷺ゆつくり飛びくだりくる

集名となった「川霧」一連冒頭の歌。この歌の出てきたあたりから市野さんの歌は急速にふくらみを増したように思う。あとがきにいう「自然」だ。この「自然」の意味するものは何なのか。

本歌集を出版して、さらに市野さんは歩みを続けることになるが、明治以来の優れた病歌人の例に見るように、終生逃れ得ないであろう病を天の恵みとし、病によりかからず、自らを甘えさせず、もちまえの剛毅な精神をつらぬき通していっていただきたいと願う。

最後に、最近作から数首ひいておく。

底ひなき闇に浮かべるごとくにて首括りたる政治家の顔

「サンガククケフドウ」死語のごとくに響けども産学協同常態となる

殺戮の愉楽に酔ふか追撃の銃撃ちつづくる眼《まなこ》明るし

ゆるぎなき平和《たひらぎ》にあるごとくにて電飾光の空に豊けし

二〇〇七年一〇月二八日

吉田佳菜歌集『からすうりの花』跋

吉田佳菜さんとは長いつきあいだけれど、見ていて、いつも感ずるものがある。何と言い表したらいいのか――。この歌集原稿から目を離してしばらくめぐらしつつ、「けなげ」という語に思いあたった。そう、わたしと言葉をやりとりして最後に見せる表情が、何ともいえず、いつもけなげなのである。

吉田佳菜さんが短歌を作り始めたのは、二〇〇一年十月、朝日カルチャー立川の短歌教室に入ってからだというから、すでに丸十三年になる。その間、印象はいちども変わることがない。

吉田さんは、若いときから絵画を学び、短歌を始めたときには水彩画を描いていた。絵画に関しては三十年余りのキャリアがあり、毎年一回個展をひらくほど打ち込んでいた。

　久びさに訪ねくる人待ちわびて部屋ごとに置く水仙の花
むらさきに茶を編みこみてふっくらと着たるがごとし二月の山は

初期の頃の歌である。ひさしぶりに訪ねてくる友人を待ちわびて部屋ごとに香りの良い水仙の花を飾る。この心のつかいかたがいかにも吉田さんらしい。少女のような感じがするのである。おそらく、世の中はこんなけなげさを理解する人ばかりではないから、その背後に傷つきやすさが隠れているようでもあるが、それをもけなげに乗り越えようとする。わたしの見る吉田さんは、いつもそんなふうであった。

吉田さんの絵は、色彩感覚に富んでいる。色づかいが甘美な旋律をかなでるような絵だが、「二月の山」を「むらさきに茶を編みこみてふつくらと着たるがごとし」と見るところ、それがそのまま歌に現れている。「むらさき」と「茶」という色彩に対する感度の良さとともに、〈女の子〉を心のなかに抱きつづけている人の感覚である。

一方、色彩に頼りすぎると形態がおろそかになる。歌で言えば、形容詞ばかりでつくっていこうとして、文構造がしっかりしない。そのことを指摘するたびに、吉田さんはけなげな表情をして、「絵でも同じことを言われます」とうつむくのであった。

いっせいに群雀高く飛び立てばキャベツ畑に囀りのこる

乾きたるざくろひとつの存在の確かなるかな画室の棚に

ロマンティックな感覚の良さを損なわずにしっかりした構造を学ぶには北原白秋がよかろう

と、『桐の花』を読むようにすすめた。「キャベツ畑」の歌などには白秋の歌の名残が感じられる。吉田さんは、ほんとうにまじめに、懸命に読み、学んだ。その甲斐あってか、やがて「ざくろ」の歌のようなしっかりした存在感を歌に実現するようになった。この歌集を読んでいても、ある頃から、歌が明確になり、しっかりと立ってきているのがわかるだろう。

吉田さんは、国内へも海外へも、よくスケッチ旅行をした。年一回の個展開催もなかなかたいへんだろうと思ったが、好きなことを自由にやるための資金稼ぎにアルバイトをしながら、静岡の海辺に住む夫の両親の遠距離介護もした。身体が幾つあっても足りないだろうと思われるような日々をにこにこしながらやりこなしていく、その表情がまたけなげであった。

　野良仕事終りて帰る人の手ににぎられて揺る黄菊の束は
二歳にて孤児となりにしわが父のこころの内を思ふ忌日に
ちちとははとふたつ並べる車椅子のどかに見ゆる立冬の縁
海風に庭の小菊の花揺ると車椅子押し出でて見せしむ

老いたちちははの介護に携わる吉田さんのかいがいしさが目に見えるようだ。海外にスケッチ旅行に行っては瀟洒な色彩の水彩画を描く吉田さんとはまた違った側面が見える。おそらくは老いた手であろう、その手ににぎられている「黄菊の束」の揺れがじつに懐かしい。そんな懐かしさも、吉田さんのけなげな表情のうちにはひそんでいる。
いつもくるくると動いているような吉田さんが病を得たのは、二〇一一年十一月のことであった。入院中とその後の歌は、さらに歌に深みをもたらした。

　ひとすぢを張るくもの糸その糸にからめ取られてそよごの葉揺る

　絵の中の路地行く老女その目には見つめてあらむ希望ひとすぢ

　草芝に寝ころびまぶた閉づるとき空の青さは目の中にあり

　掃き寄せてもみぢ葉過ぎし日々のごと堆《うづたか》くあり何かいぢらし

昨年晩秋、再入院を機会に、このたびの歌集編纂を思い立った。十三年間も歌をやってきたのだから、まとめるのにちょうど良い時期でもある。さて、こうして吉田さんの歌を見渡してみると、ずいぶん花の歌が多い。

　花びらよ散れよと言へば夜の風に吹かれて浮けり桜はなびら

　誰が編みてほどきし糸か白白とからすうりの花夕べの垣に

このようなこの世ならぬものとの心の通い合いが、吉田さんの花をうたう歌の根底にある。心に抱いている〈女の子〉がサナギを脱いで羽化したような、生き生きとした〈をとめ〉の空想力がここにはある。

吉田さんは、そんな空想力をかきたてるようなものに出会ったとき、このうえない幸福を感ずるのだろう。さくらや、からすうりの花や、コスモスの花や、そういうものとの出会いをなんとか画布に、言葉に、現してみたい。そんな衝動が、吉田さんに長いあいだ絵を描かせ、歌を作らせてきたのだろう。

わたしは、大きな花束のような歌たちのなかから、めだたない野の花でありながら、夏の月のひかりのもと、華やかに繊細にひらくからすうりの花を一つ抜きとって、この歌集の上に冠した。

二〇一五年二月四日

乾正歌集『寒葵』跋

わが庭の源平桃のくれないを道ゆく人の讃うる聞こゆ

二十年出で入りのたびに潜《くぐ》りたる門冠《もんかむ》りの松截り倒されつ

松の樹を截ればたちまち切り口に松脂《まつやに》滲む生きたかりしか

小賀玉《おがたま》の根は新藁に巻かれたりいずべの庭に行きて根づかむ

朴の木とヒマラヤ杉と檜葉の木と切り倒されてわが庭あわれ

歌集『寒葵』は、「わが庭」とそこに住んだある老夫婦のものがたりである。源平桃、松、小賀玉、朴の木、ヒマラヤ杉、檜葉。たった四、五首を見ても、これほどの大木になる樹木の植わっている庭は、ふつうの家の庭ではない。松の樹を切れば「松脂滲む生きたかりしか」とつぶやき、小賀玉の木の行く先を思い遣り、見事な大樹を何本も切り倒された「わが庭」をあわれと嘆く。草木にも地にも濃い思いが移って、ほとんど同化している。そんな乾さんの「わが庭」の由来を語ろう。

夫の喜八郎さんは、戦後経済右肩上がりの時代に山一証券に入社した。一高から東大法学部卒という学歴からして当然役員になってもよかったのだろうが、憤然と「植木師になる」と宣言して定年退職した。職業訓練校で若い青年たちと机を並べ、それから親方のもとに弟子入りした。ところが、親方は職人で、定年上がりだからといって新入りに手加減はしない。三日で音をあげそうな気配を見た正さんは、これはたいへん、オトコが廃るとばかりに、毎日お弁当を作り水筒をもたせて玄関から追い出した。こうして、みごとに一人前になった喜八郎さんは、植木師の〈制服〉である法被を誇らしげに着て旧友の家に年始の挨拶に行くのであった。

しかし、お客がつかない。仕事がない。そこで、正さんが、日本女子大学同窓生のあちこちに電話をかけて、こんどうちのが植木師になったからお宅の庭に鋏を入れさせてくれないかと営業、注文がとれれば少々遠くとも、朝早くから軽トラックに用具を乗せて夫婦して出かける。夫の喜八郎さんが植木に鋏を入れれば、下でその枝を拾い集めるのは正さんである。熊谷守一の娘榧《かや》さんは親友の一人だそうだが、いそいそと枝拾いをする正さんに「あなた、よくやるわねぇ」と半ば呆れて感嘆したものだという。

喜八郎さんと正さんは、こんな老夫婦だった。喜八郎さんのような純心な人をわたしは見たことがない。生き馬の目を抜く証券会社でよく生きのびたものだといつも思った。そして正さんは童女のような人である。

桜木の朽ちし窪みに落ちたるを定めと芽吹く紫しきぶ
雪消えて芝生に群るる椋鳥はししと嘴《はし》さす饑《ひもじ》かりしや
桃の枝の樹液固まる疵あとを慰めむとか蔦這いのぼる
桜の木ふり仰ぎつつゆくわれをのどけしと見る人あるらむか
梅雨ばれに窓開け放ちわれ仰ぐみ空の青き音をきかむと

理学部出身らしくさばさばと合理的な性格だが、知的で、ものを見抜く目をもっている。腐葉土のように生の苦しみや喜びを身のうちにたたんで、ものに触れては生のあわれを感じてゆく心がある。そうしてなお童女のように、梅雨晴れの日には窓を開け放って「み空の青き音」を聞くのである。

「わが庭」は、こんな二人が一木一草に心を入れてつちかった庭であった。歌集の「I」には、「わが庭」から生まれたじつにゆたかな、感嘆するような歌の数々がならんでいる。歌の醍醐味を味わうことができる。

正さんの母親のことも少し記しておこう。

「子育てだけなら猫にも出来る」と満足をしているわれを母嘆きたり
叙勲受けよろこぶ母に何が良しと言い放ちたり二十歳《はたち》のわれは
七十はかく疲るるにメキシコへ婦人会議に母はゆきにし

正さんは東京生まれだが、旧姓を浅沼といい、八丈島の出身だ。母方は代々町長をつとめた家柄で、かの浅沼稲次郎も親戚関係にあるそうだが、正さんの母親はそんな政治向きの血筋をひいてか、明治生まれの〈新しい女〉の一人であった。ふとテレビをつけると何かの反対運動をする市川房枝といっしょに映っていたり、脅しにかかるやくざの前にも怯むことなく身を張って筋を通したり、豪傑であったそうだが、そんな〈新しい女〉の母親は子どもにとっては多少の迷惑である。母親に反発して「猫にも出来る」子育てに専念し、よき主婦をつとめてきた正さんだった。

いとけなく清きまなこに吾《あ》を見つむ脳《なずき》になにを刻まんとすか
今宵よりながき一生《ひとよ》ぞ保育器のガラスのうちに足掻ける汝よ
嫁という言葉きらいて子のつれあい子の奥さんなどくるしむわれは

しかし、初孫を授かった歓びをうたっても、正さんの歌は血縁に癒着しないまなざしをもつ。乾さんには二人の息子があったはずだが、集中に子の歌はほとんどない。成長した子は子として切り離し、嫁という言葉をきらうリベラルな精神は、やはり母親の影響によるものだろう。

正さんは、朝日カルチャー立川の教室で歌を始めた。喜八郎さんの病気がきっかけでもあったようだ。前立腺癌を宣告された喜八郎さんは、正さんが短歌を学んでいるあいだに、学徒出陣逃れでどこか医大に一時在籍したともいう知識を頼りに調べ上げて、ついに病を克服してしまった。

徳田白楊の歌の沁むらしいくたびも諳んず夫は座椅子に寄りて

喜八郎さんは、正さんが短歌を学ぶのをよろこび、その良き後援者でもあった。九州で開催される「牙」の大会に夫婦して参加し、「あまだむ」の年一回の集会には両手に余るほどのかぐわしいジンジャーやサンナの花束を持参してくれた。やがて体調の軽快した頃、喜八郎さんも短歌を学び始めることになった。

辞書ひとつ引っぱり合って虫眼鏡あてて見ている老いたるわれら
老夫の机に向かい歌綴るひたぶるのさま羨しきろかも
夫と共に歌学ぶとは思わざりき連れ立ち通うその愉しさも
目をのがれ買い来し酒をごぼごぼと流し捨てたり涙垂りつつ
向き合いて歌をつくるも楽しきよ馬酔木の花が咲いたなど言いて

老いてより再びともに部屋に寝て安らぎにけりわが夫《おっと》にて

「あまだむ」の歌会に夫婦そろって参加し、カルチャー教室でも毎週机を並べ、みんなと八ヶ岳に一泊の吟行旅行をした。正さんは夫婦して同じところに通うなんてとはじめは思ったらしいが、いざ通い始めてみると、新しい夫の姿を見るようである。すでに自分にはない初心の懸命さがまぶしい。共に歌に励み合うたのしさは格別である。当時の教室では終わったあとに必ずビールを一杯やったものだが、喜八郎さんも旧制高校の青春時代が甦ったような愉しさがあったのだろう。こっそりと酒を買い込んでくるような仕業は、教室の悪友ならびに講師のわたくしどもの影響である。申し訳ないことであった。

歌集『寒葵』の「Ⅱ」の時期に、『乾喜八郎歌集』は重なる。喜八郎さんの歌をいくつか掲げておこう。

斑鳩町の法隆寺こそなつかしけれミス橿原と見合ひせし日よ
算術の予習は楽し義姉《あね》上の鬢のほつれ毛吾が頬にふる
花水木の下の地植《ぢうゑ》のえびねども赤き落葉を着てぬくさうな
生徒らの出征するとき校長はあんばいよくやれとはげましたりき
生きものは一日飼へばかはゆくて分かれがたくて楽しきものよ

ドイツを賞め戦争たたへしドイツ語教授立沢剛負けて自死せり
公園のあけぼの杉は紅葉《もみぢ》して茶いろの円錐十《とを》立ちならぶ

『乾喜八郎歌集』

こうして歌を写していると、あの教室での笑いが甦ってくる。無邪気で、このうえない純心な魂をもっている人であった。

そんな喜八郎さんにも衰えが見えるようになったある日、突然「わが庭」の小平から、現在の東村山のケア・マンションに夫婦して引っ越したという知らせが来た。歌集『寒葵』の「Ⅲ」は、それ以降の歌をおさめる。

家を出る車を待たせてカタクリの芽は出でたるかたしかめに行く
再びをもどることなきこの家よ三十年《みそとせ》住みき良き日もありて
鷹の台駅過ぐるとき電車より身をのり出してわが家のぞむ
食堂へ続く廊下は人気《ひとけ》なしながき廊下を腕くみてゆく
草も木も培うことのなくなりてなにを頼りにわれら生くべき
わが家の門は鍵さし入《はい》れざる臘梅の香のほのかに香る
木の名前教えくれにし庭の木のすべてを切りて根さえ引き抜く

食拒みて死なせてくれという夫はただ本をのみ読まむとぞする

ならびたる夜店の庭木に興味なし庭うしないしわれ等にあれば

人ごみに老いたる夫の服の端にぎりて歩く夜の祭よ

「転居」以後「わが庭恋し」を中心とするこれらの歌に、わたしは加える言葉をもたない。老後の家族関係の歪《ひず》みと苦しみはどこにでもあること、いさぎよくマンションに住むことを決めた正さんを正さんらしいとは思うものの、「わが庭」の喪失は喜八郎さんにも正さんにもあまりにもつらかった。あるとき、電車に乗って「わが庭」をこっそり見に行ったのだろう。そこには錠がかかっていた。錠前越しに「わが庭」の虚しい空間を見つめた。

歌がいいとか悪いとかいうことを超えて、胸がせつなくなる。人はこんなふうに老いの最後の時を過ごさなければならないものだろうか。

草むらに金蘭なりと夫のさすひともと高しゆらぎ止まずも

ずぶずぶと厚く積みたる枯葉ふみ夫とわれとはしゃぎてあゆむ

今日もまたわれらは森のベンチにて高空を行く飛行機を待つ

尾根道を夫と歩くが終る日のやがては来らむ空を仰げり

老夫婦は裏の八国山をふたりで散歩するなぐさめを見出した。植物の名前を夫に教えてもらいながら、時に子どものように枯葉と戯れ、それからベンチに坐ってやすむ。

「飛行機がまだ来ないね」

「もうすぐ来ますよ」

ふたりは青いそらをまぶしみながら仰いで、飛行機の来るのを待っている。

二〇一六年四月六日

短歌講座キャラバン

平成28年６月11日　発行
平成28年10月28日　第２刷発行

著　者　阿木津　英
発行人　道具武志
印　刷　㈱キャップス
発行所　**現代短歌社**

〒113-0033 東京都文京区本郷1-35-26
振替口座　00160-5-290969
電　話　03（5804）7100

定価1300円（本体1204円＋税）
ISBN978-4-86534-156-0 C0092 ¥1204E